Jeunesse volée

Laurent Bassot

Jeunesse volée

EDITIONS DU CLOS BAPTISTE

A Frédéric, sans qui rien ne serait,

A Pierre et Manon, pour qui ce livre fut,

A Gisèle, Gérard, Ushi, Katia, David et Jérôme, à qui tout sera,

Un merci tout particulier à Isabelle pour sa vigilante relecture et son amitié sans faille.

Qui sème dans les larmes,
moissonne dans la joie.
Psaume 125

La grandeur se construit autant
par ce que l'on refuse,
que par ce qu'on conquiert.
Madame de Montespan

Toute ma vie, je me suis fait une
certaine idée de la France, le sentiment
me l'inspire autant que la raison.
Général de Gaulle

De toutes les passions, la peur est celle
qui affaiblit le plus le jugement.
Cardinal de Retz

Introduction

Nos anciens nous transmettent une mémoire. Celle-ci est une source fabuleuse d'enrichissement. Elle l'est d'autant plus qu'elle est léguée avec une volonté de raconter sans nécessairement donner de leçons. C'est ainsi que peut véritablement s'opérer la transmutation du savoir et de l'histoire en une expérience utile pour ceux qui en écoutent leur récit.

Nos presque centenaires d'aujourd'hui ont traversé un siècle, le vingtième, dont chacun s'accorde à dire qu'il fut le plus riche et le plus incroyable de tous les temps. Les guerres et les conflits furent les plus destructeurs que l'humanité ait connus. La folie des hommes fut portée à son paroxysme, en même temps que les technologies conduisaient à une profonde révolution du temps. Peut-être que ces conflits furent la réponse à la difficulté et parfois l'incapacité des hommes à accepter ces changements et aux dirigeants d'alors d'opérer les transformations nécessaires de notre société pour les absorber.

Des hommes et des femmes ont traversé ce siècle et ont participé, souvent malgré eux à ces pages d'Histoire souvent douloureuses et parfois enthousiasmantes. Ils sont porteurs d'une des expériences les plus riches que l'humanité n'a jamais vécue. Chacun d'entre eux en détient une parcelle infime, mais suffisamment riche pour permettre d'aborder, d'illustrer et de comprendre des événements passés qui pourraient être essentiels à la compréhension de notre temps. A défaut d'une leçon, une expérience riche d'enseignements peut être tirée de ces multiples récits, qui se nourrissent de réalité.

Il m'a semblé important, dès lors et à la modeste place qui est la mienne, celle d'un observateur qui ne prétend à aucune expertise historique, de conter un récit à partir d'un témoignage que j'avais entendu. C'est ainsi que ce roman est inspiré de celui d'un homme qui a traversé le siècle passé et qui, à la fin de sa vie, détient une parcelle d'Histoire et une expérience singulière. J'ai voulu y donner un écho et en figer le contenu, en sa mémoire et à celle de ses contemporains.

Enfin, je nourris le secret espoir que ces quelques chapitres seront lus par tous ceux qui ont connu le héros de ces pages et dont certains l'ont oublié injustement. A ces derniers, je voudrais leur dire qu'ignorer son passé c'est être condamné à s'amputer d'une partie importante de son avenir. Lisez plutôt…

Prologue

Saint-Germain-sur-Avre, 24 décembre 2004.

Il se tenait droit debout dans l'encadrement de la porte qui conduisait au salon. Ses presque quatre-vingt-dix ans ne semblaient pas lui peser, alors même que depuis plus d'une heure la traditionnelle distribution des cadeaux de Noël avait débuté. Il n'avait pas bougé, observant de son œil bienveillant l'agitation grandissante des enfants et les commentaires des adultes à chaque ouverture de paquet. Personne ne semblait mesurer la performance de cet octogénaire tant il était habituel de le voir toujours fort, silencieux et maître de lui. Il n'apparaissait à personne que c'était au prix d'une longue ascèse qu'il s'était construit cette résistance physique. Elle lui permettait de faire souvent en silence ce que peu de personnes n'auraient supporté de vivre à son âge, ou tout du moins ne l'auraient-elles fait qu'en valorisant leur effort comme on arbore une décoration fièrement acquise. Il émanait un extraordinaire rayonnement de cet homme. Un sentiment se dégageait, profond et indescriptible, celui d'être en présence d'un personnage hors du commun. Manon était quant à elle confortablement assise devant lui. Elle laissait paraître une impression de fragilité aussi permanente que celle de solidité de son mari. Manon vivait ce moment festif comme un pur délice. Tour à tour ses yeux pétillants, ses joues rougies de cette douce chaleur qui envahissait peu à peu le salon, son beau sourire tendre de grand-mère, témoignaient de la joie qu'elle avait, tout autant que Pierre, de se trouver-là, au milieu de ces générations qu'elle observait avec nostalgie. Chacun des participants la ramenait à ses souvenirs, et lui faisait prendre conscience avec bonheur que, somme toute, elle avait été heureuse depuis quatre-vingt-dix années. Cette soirée venait lui en apporter les preuves tangibles. Certes, elle aurait probablement préféré se trouver dans sa famille plutôt que d'avoir été intégrée dans celle-ci à la faveur d'un voisinage devenu amical. Elle pensait à ses petits-enfants et à ses arrière-petits-enfants qu'elle ne voyait plus depuis le divorce de son fils. Pourquoi l'avait-on saignée si cruellement, laissant la douleur suinter par cette plaie familiale et particulièrement en cette veillée de Noël ? Elle en colmatait peu à peu la douleur dans le renouveau de cet ancrage affectif naissant. La peine s'était transformée chez elle en nostalgie quand celle de Pierre se muait en oubli. Ils vivaient là leurs dernières années en s'étonnant que le destin leur ait permis de retrouver la virginité d'une naissance familiale.

Peu à peu le champagne produisait son effet désinhibant. Les conversations prenaient la dimension sonore et habituelle en de telles circonstances. Elles faisaient émerger les excès de sentiments que l'on ne s'avoue qu'en de telles occasions. Elles déclenchaient les virulentes et salutaires tirades qui permettent d'évacuer tout ce qui n'a pu être dit dans ces mêmes réunions familiales quand un silence profitable avait apaisé les débats. Pierre ne faisait parti d'aucune de ces catégories. Il avait appris à contrôler ses émotions autant qu'à endiguer ses aigreurs. Et son silence apparaissait tout autant comme un fabuleux exercice de contrôle sur le plan de l'affectivité que sur celui de l'agressivité. Cette rigueur morale était impressionnante.

Il ne disait rien, car il souhaitait ne dire que ce qui lui semblait important. C'était le cas, ce soir-là et il avait longuement mûri « sa » fête de Noël. Tout le monde l'avait vu arriver avec un paquet. Personne ne s'en était étonné. Mais il avait souhaité lui-même le disposer au pied de l'arbre en s'assurant que celui-ci était bien positionné dans la zone des présents faits à Benoît le maître de maison qui organisait la traditionnelle distribution.

- C'est pour vous. C'est un peu particulier mais vous verrez, je pense que cela vous étonnera, dit-il à Benoît alors qu'il apportait cette précision d'un sourire extrêmement complice. Manon qui connaissait le contenu du paquet ajouta « ça va vous faire plaisir ! », ce qui intrigua encore plus Benoît. Cela leur ressemblait. L'un était sur le registre de l'étonnement et de la découverte quand le second était sur celui de l'affectif et de l'émotion. Il s'agissait encore là d'une complémentarité qui avait solidifié depuis plus de soixante années cet édifice en couple. Et pourtant l'un comme l'autre s'étonnaient toujours de cette attirance construite autant sur leurs différences que sur leurs ressemblances. C'est certainement pour cela qu'ils étaient restés si longtemps ensemble.

- Mais laisse-le donc, lui rétorqua-t-il un peu brusquement, il saura dire si cela lui fait plaisir !

La séance de distribution s'éternisait. Il faut dire que Benoît, désireux de maintenir le suspense, distribuait les paquets, un par un, et jamais avant que le paquet précédent n'ait été ouvert, commenté, remercié et contemplé de tous. C'était sa manière de s'assurer que chacun se souviendrait de la réaction intime du bénéficiaire de son présent. Il retardait le moment où il allait s'octroyer le cadeau de Pierre. Il sentait bien qu'il s'agissait-là d'un geste important, symbolique pour lui. Benoît connaissait bien Pierre. Il savait que l'acte à l'origine de son cadeau n'était pas anodin. Il ne voulait pas brader cet instant. Il faisait, ainsi, monter la tension, résultat d'une attente prolongée et orchestrée. Il essayait de deviner de quoi il pouvait s'agir. C'était un cadre, assurément. S'agissait-il d'un tableau, d'une gravure ou encore d'une photo qui aurait été agrandie ? Il se résolut finalement à l'ouvrir, profitant d'une discussion entamée à l'autre bout du salon qui occupait provisoirement tous les convives. Benoît avait saisi ce moment précis, où il pourrait le découvrir et témoigner de sa réaction intimement à Pierre. Le papier cadeau ne résista pas longtemps. Soigneusement encadré, un document sur fond rouge, couvert d'un texte en langue allemande, imprimé en caractères gras et flanqué d'un titre centré en italique avec pour inscription la phrase : « ***Das ist das Ende*** ». « C'est la fin » traduit tout haut Benoît immédiatement, en découvrant ce papier défraîchi et plié en quatre. Aujourd'hui, rendu à la lumière, ces multiples marques d'usure, telles les rides qui encadraient le visage de Pierre, témoignaient de son grand âge. Ce document avait certainement traversé de longues années, rangé, plié et conservé dans un endroit précieux. Il profitait de cette fête de Noël pour apparaître en grande pompe dans cet encadrement de circonstance. La deuxième ligne ne laissait aucun doute, ainsi que la suite du document, sur l'origine de ce document. Ce texte provenait de la période de fin de la seconde guerre mondiale. Soixante années le séparaient de ce réveillon de Noël.

Patton über den Rhein südlich Mainz

MONTGOMERY ERZWINGT

ÜBERGANG ÜBER NIEDERRHEIN

Amerikaner vernichten 7. Armee

Und 1. Panzer-Armee

Pfalz und Saargebiet überrant

Über 1 100 000 Gefangene

Seit der Invasion

Bleibt am Leben !

Benoît décrypta ce texte, avec l'aide complice de Pierre qui l'aidait à traduire quand un mot ou une phrase ne se révélait pas immédiatement. Il procédait ainsi, tel un catalyseur, laissant à son tour le temps faire son œuvre et les interrogations peu à peu émerger.

Ce texte avait souvent été évoqué à l'occasion des multiples discussions animant les repas dominicaux avec Pierre. Ces échanges passionnants abordaient immanquablement les événements survenus lors de la seconde guerre mondiale. Benoît avait l'âge du petit-fils de Pierre et Manon qu'ils ne voyaient plus. Pierre avait trouvé ainsi en Benoît une écoute de substitution. Il souhaitait absolument lui communiquer le témoignage de sa vie et il en distillait chaque dimanche quelques bribes. Benoît reconstituait peu à peu le puzzle, chaque discussion étant une nouvelle pièce qu'il fallait replacer patiemment. C'était une façon passionnante de découvrir cette période de guerre. Benoît avait très mal abordé ces sujets au lycée. Il mesurait à la faveur de ces échanges improvisés, toute la force et l'intensité que ces années avaient gravées durablement sur les hommes et les femmes qui les avaient vécues.

Pierre avait inscrit, au dos du tableau de son écriture très régulière : ***« Pour Benoît – En souvenir d'un ancien combattant 39-45. Prisonnier de guerre en Allemagne. Ce tract lancé par les Américains pendant un dernier bombardement sur Nuremberg et ses environs. C'était la fin d'un long cauchemar – Avec toute mon amitié – Pierre ».*** L'émotion submergea Benoît, tant ces quelques mots témoignaient des sentiments que Pierre lui portait et que pudiquement il lui adressait à travers ces quelques lignes. Il n'était pas le genre d'homme à pratiquer les grandes effusions affectives, et pourtant ces lignes en avaient l'intensité silencieuse. Benoît saisit la portée du geste et eu du mal à cacher son émotion produite par cette charge inattendue. Soudain, toutes les pièces du puzzle semblèrent s'ordonner, se ranger. Benoît paraissait absent, absorbé par le flot d'éléments communiqués par Pierre depuis plus de dix années de discussions. Il perçut subitement l'insistante volonté de Pierre à vouloir lui communiquer ce témoignage, issu de la mémoire d'un homme qui avait traversé près d'un siècle. Il ne s'agissait pas d'une simple transmission historique. Il s'agissait d'une histoire transmise par un homme, avec toute la richesse de son passé et qui semblait vouloir témoigner du présent, comme on se déshabille pudiquement derrière un paravent en suggérant à celui qui vous regarde toute l'intensité de ce qu'il ne voit pas.

Benoît ne savait quoi dire, ce qui était bien étonnant pour cet homme de quarante ans dont chacun s'accordait à noter à son sujet, qu'il en fallait beaucoup pour le surprendre et le faire taire. Tour à tour il portait son regard attendri sur le document et sur Pierre, enchanté de son effet, étant certain que la transmission s'était désormais bien opérée.

I

Bavière, 9 mai 1945

Les informations d'une libération proche parvenaient de plus en plus précisément aux prisonniers. On signalait que les VIIe et IIIe armées alliées étaient en train d'opérer un vaste encerclement de la zone. Par une série de mouvements tournants, passant par Nuremberg, Ratisbonne et Munich, les alliés libéraient peu à peu la zone occupée et il fallait restituer ces dizaines de milliers d'hommes à leur famille, non sans difficulté de rapatriement. Des poches de résistance subsistaient à cette vague libératrice qui ne parvenait pas à nettoyer définitivement cette zone. Les avions alliés la survolaient régulièrement et déversaient en pluie continue des milliers de tracts, en langue allemande, informant la population que la fin du régime nazi était proche. La population était invitée à coopérer. Elle était assurée que les alliés avaient tiré les leçons de la première guerre mondiale et que le peuple allemand ne serait pas humilié. De larges extraits du discours de Roosevelt au Congrès, le 1er mars 1945, étaient imprimés au dos ces tracts et venaient témoigner de l'engagement des Américains à aider le peuple allemand. Cette stratégie visait à anéantir toute velléité de résistance.

La population civile allemande était occise par cette guerre. Les informations de la libération progressive des peuples qui avaient été envahis par les Allemands, depuis ces six années de guerre, leurs parvenaient régulièrement. Ces nouvelles contribuaient à faire disparaître, plus ou moins volontairement, leur adhésion passée aux espoirs du IIIe Reich. Elles leurs faisaient comprendre l'inutilité d'une résistance qui serait désormais vaine. La grande majorité de ces Allemands adoptait d'ailleurs et depuis de nombreuses semaines une attitude plus coopérative avec les prisonniers cantonnés dans leurs villes et villages. Ce comportement était dicté tant par les nécessités de continuer à faire fonctionner fermes et industries que par la volonté de se mettre en situation plus conciliante avec ces hommes prochainement libérés. De longues années de captivité et de privation allaient probablement faire émerger des vengeances de la part de ces hommes et femmes, une fois libérés. Il était souhaitable de s'en prémunir.

La Bavière, comme toutes les régions d'Allemagne, avait été peu à peu vidée de sa main-d'œuvre. Les Allemands valides étaient quasiment tous mobilisés en ce début 1945. Pour les remplacer, une manne de guerre de plus de vingt millions d'hommes et de femmes était au travail dans les villes et les campagnes. Leur provenance était diverse. Nombreux étaient les prisonniers militaires des nations en conflit avec l'Allemagne. Les populations civiles, déracinées massivement de régions entières, constituaient également une part importante de cette main d'oeuvre industrielle. Les déportés, au titre du Service du Travail Obligatoire, alimentaient également le flux d'ouvriers qui travaillaient dans les usines d'armement militaire. Les malheureux survivants encore valides des camps de déportation venaient compléter cette légion d'esclaves. Tous étaient là pour pallier la désertification mobilisatrice allemande. En cette fin de guerre, les Allemands qui n'avaient pas été initialement mobilisés, trop jeunes ou trop vieux pour combattre, étaient désormais, occupés sur les différents fronts à tenter d'endiguer l'inéluctable vague libératrice alliée. Tant à l'Est qu'à l'Ouest, ce renouveau du printemps 1945 réduisait à néant 12 années de conquête territoriale menée par Hitler et son armée.

Les villes allemandes tombaient les unes après les autres. Dans le même temps l'armée allemande capitulait sur les différents théâtres de combats. Le 8 mai 1945, l'armistice avait été signée. Par rumeurs successives, les prisonniers apprenaient ces nouvelles. Ils sentaient bien l'heure du retour proche.

Comme chaque jour, Pierre revenait des bois. Il était employé, depuis deux années, comme bûcheron dans cette partie retirée de la Bavière, au sud de Nuremberg. Les rigueurs des températures hivernales en cette partie orientale de l'Allemagne l'avaient énormément fait souffrir durant l'hiver 43. Des senteurs de conifères exhalaient en cette fin de journée de printemps. Il s'était peu à peu acclimaté à cet environnement souvent hostile et pourtant attrayant. Il avait fini par y trouver un certain charme alors même qu'il lui volait ses plus belles années de jeunesse. « Déjà deux ans ici, et cinq en tout, en tant que prisonnier », s'était-il exclamé quand ses camarades de chambrée lui avaient fêté son trentième anniversaire le 15 janvier de la même année. « Combien de temps faudra-t-il encore attendre pour rejoindre nos familles ? ».

Il pensait à tout cela alors qu'il cheminait, seul, en cette fin de journée pour rejoindre le komando où il couchait. Plus aucune sentinelle ne les surveillait, lui, ainsi que ses huit camarades, depuis déjà plusieurs mois. Ils étaient prisonniers libres, attendant la libération dans cette scierie réquisitionnée pour les héberger ainsi que pour leur permettre de travailler le bois. Prisonnier libre était un bien étrange statut. Il témoignait d'ailleurs de l'effondrement général du régime nazi. Les prisonniers se surveillaient eux-mêmes dans un contexte étonnamment paradoxal attestant d'une fin de guerre imminente. Certains prisonniers allaient même travailler dans les fermes, le samedi, en échange d'un bon repas fournis par les paysans, les seuls en mesure d'apporter des produits frais et de qualité.

Pierre n'avait jamais voulu se résigner à être au service des Allemands, pas plus en tant que prisonnier qu'en tant qu'ouvrier agricole prétendument volontaire. Il n'allait donc pas travailler à la ferme en ces fins de semaine. Il observait ses camarades partir le samedi matin et revenir le ventre plein le soir. Il leur accordait peu d'indulgence. Le seul avantage à ces yeux que procurait ce lâche asservissement était celui de disposer d'informations régulières, glanées par ses camarades à la faveur des échanges improvisés à table avec les autochtones.

Il avait donc, ainsi, été informé du débarquement de Normandie le 6 juin 44. Cet événement lui avait fait imaginer que le retour serait désormais proche. Pourtant, près d'une année plus tard, il était encore prisonnier au fin fond de l'Allemagne, attendant avec résignation que les Alliés veuillent bien atteindre son village. Il s'impatientait autant qu'il se raisonnait. Que pesaient-elles ces quelques semaines de plus, alors même qu'il était parti de chez lui, fin 1936 pour accomplir son service national et que neuf années plus tard, il n'était toujours pas sorti de sa condition de militaire ? Il pressentait bien ces journées de prisonnier comme les dernières. Elles étaient désormais teintées d'espoir, puisque chacun savait la libération proche et inéluctable. Cette attente était paradoxalement plus difficile à supporter. Le temps paraissait interminable.

Ces années de privation avaient été une lente et humiliante initiation à la vie d'adulte. Elles avaient enfoui au fond de lui, tous les sentiments, les enthousiasmes et les élans que la jeunesse confient pour la vie à un homme en de circonstances habituelles. Alors même qu'au seuil de la trentaine, ces dix années passées auraient dû lui apporter l'espoir d'une maturité naissante, Pierre avait construit sa conscience d'adulte à la vue des privations infligées et des médiocrités observées durant ces cinq années de captivité. Comment allait-il pouvoir se reconstruire et rattraper le temps perdu ? Comment imaginer de revivre à deux quand les affres de l'existence lui avaient imposé cette longue solitude, ce corps à cœur avec lui-même ? Comment oublier ces années volées et ne pas vivre dans le ressentiment pour ne plus perdre de temps désormais ? Qu'allait-il bien pouvoir faire ? Il avait quitté les Galeries Lafayette, où il exerçait le métier de vendeur, pour entamer son service militaire au 153e régiment d'infanterie de Bitche, en ce premier mois de l'hiver 1937. Allait-il retrouver son emploi ? Comment allait-il subvenir aux besoins de sa famille ? Et ce petit Christian qui était né en septembre 1940 et qu'il n'avait jamais vu ? Les rares correspondances qui lui étaient parvenues de Manon avaient pourtant donné des nouvelles de cet enfant. Mais il ne parvenait pas à sentir sa présence. Saurait-il être à la hauteur de ce nouvel enjeu que la vie lui proposait, celui d'être le père d'un enfant de cinq ans ?

Toutes ces questions se bousculaient dans sa tête, et paradoxalement, le statut de prisonnier qui avait été sa seule référence depuis bien longtemps, lui paraissait bien confortable face aux incertitudes qui s'ouvraient devant lui. La référence de la captivité avait peu à peu fait son œuvre. L'homme a de fabuleuses facultés d'adaptation, s'était-il souvent dit quand il comparait sa dure condition de prisonnier et celle du travailleur luttant pour ses droits à la faveur des grèves de 1936. Il pensait avoir vécu le plus difficile en cette période du Front Populaire et ces longues années de captivité lui avaient permis de découvrir qu'il n'en était rien. Il avait tout de même observé, un surprenant point commun entre ces différentes périodes. Il s'était souvent dit en observant les comportements de ses congénères que, décidément l'homme recélait de fabuleuses capacités d'adaptation aussi bien dans l'excellence que dans la médiocrité. Combien de trahisons, de dénonciations, de comportements serviles, avait-il vu depuis le jour où il fut capturé, ce 12 juin 1940, à Saint-Dié. Dès lors, il s'était construit une armure faite de vigilance et de méfiance de l'autre. Elle ne le quittera plus pendant soixante années.

Il consacrait l'essentiel de son temps libre à réunir tous les effets possibles qu'il pourrait rapporter en France, pour entamer une nouvelle vie. Parti sans rien à 21 ans, il ne se résignait pas à revenir dans la même condition en France. Il avait perdu neuf années de sa vie. Il considérait donc avec amertume qu'un paquetage bien rempli pourrait être une consolation, bien maigre certes, mais nécessaire à calmer un peu sa rancune. Il s'affairait à préparer ses affaires quand Jean s'introduit dans la chambrée, agité comme à son habitude et rouge de quelques verres de schnaps de trop :

- Pierre, regarde, j'ai obtenu un bulletin de l'état-major français. Ils disent que les armées allemandes sont liquidées et que le Danemark, la Hollande et la Tchécoslovaquie sont entièrement libérés. Nous allons bientôt être délivrés à notre tour. J'ai vraiment hâte de partir.

- Tu sais, j'ai attendu ici plus de deux années, et cela va faire neuf ans que l'armée et la France occupent mes journées à plein temps, alors un ou deux mois de plus, je n'arrive pas à m'imaginer ce que cela peut faire ! Et dans quelles conditions allons-nous être accueillis. Tu crois que la guerre terminée va conduire à la fin de tous nos problèmes ? lui fit remarquer Pierre quelque peu désabusé.

- Ne sois pas trop inquiet, Pierre. Tout est prévu, des centres d'accueil ont été organisés. Tiens lis toi-même.

Pierre se saisit du journal. Certes, l'armée allemande était décrite comme désagrégée. Cette situation avait pour conséquence la libération de nombreux prisonniers de guerre, travailleurs civils et déportés politiques. Mais il était clairement demandé aux prisonniers encore en place dans les villages de ne surtout pas bouger.

- Tu vois Jean, j'avais raison d'être lucide. Ils nous exhortent à ne surtout pas bouger, et poursuivant à haute voix la lecture du texte, tout désordre, tout encombrement sur les routes retardent votre retour. Pillage et sabotage seront punis par la loi militaire. C'est dire à quel point ils n'ont aucune certitude de nous faire partir rapidement et qu'ils tentent de se préserver d'éventuelles initiatives de notre part.

Il avait à peine fini qu'Albert leur troisième compagnon de chambrée fit son entrée en sifflant quelques notes de la Marseillaise :

- Faites vos paquetages, les petits gars, on décampe dans quarante-huit heures et ça va être le baptême de l'air. On revient, en fret de retour, comme ils disent, avec les avions de la Supreme Headquarters Allied Expeditionary Forces. Profitant d'amener des troupes en Allemagne, les Ricains nous paient le voyage retour. C'est épatant n'est-ce pas ! hurla Albert avec enthousiasme, et avec son accent du Rouergue qui avait tant amusé ses camarades et détendu l'atmosphère pendant ces longues soirées de captivité. Dans deux jours à Rodez, je retrouve ma famille, mes champs, ma canne à pèche et mes Causses. Ah mes Causses ! Vous ne savez pas ce que c'est. C'est un paradis qui a été créé depuis très longtemps en prévision de la fin de cette guerre, afin de me faire oublier ces foutues années en Bavière. C'est là Pierre que tu devrais venir dès notre retour. Nous avons une ferme et tu pourrais faire les marchés avec ta femme en vendant nos produits. Tu serais bien tu sais ! Tiens, rentre avec moi après-demain et je te ferai goûter un Cahors digne de la victoire du 8 mai, s'emporta-t-il comme il avait l'habitude, chacun faisant la part des choses.

- Mon bon Albert. Ce serait avec plaisir. Mais tu sais bien que m'attendent non seulement ma femme mais aussi un petit drôle de cinq années maintenant. Je pense retrouver une place dans les Grands Magasins, comme vendeur. Et puis Paris, comment peux-tu imaginer que je puisse m'en passer. Il me faut rattraper le temps perdu, retrouver la joie des ballades le long des quais. De toute manière je ne pourrai pas être avec toi dans deux jours à Cahors, car je ne prends pas l'avion pour rentrer sur Paris.

Un silence pesant succéda à l'ambiance enthousiaste qui régnait jusqu'alors. Chacun essayait de comprendre la signification de cette position. Pierre avait-il pris la décision de ne pas rentrer ? Non. Ses camarades ne pouvaient pas se résoudre à cette hypothèse, tant il fut, de tous les prisonniers de ce kommando, le moins résigné à son sort de captif.

- Je rentre en train avec mes paquetages. Vous verrez, ils vont vous contraindre à ne rien prendre, pour limiter le poids. Et moi, je veux revenir avec mes affaires. Alors en avion à Paris dans quarante-huit heures ou en train dans une semaine, je préfère regarder par la fenêtre les moutons dans les prés que ceux des nuages à travers le hublot.

II

Bavière, 10 mai 1945

Les camarades de Pierre au kommando étaient pratiquement tous partis la veille, profitant de l'aubaine américaine et aéroportée. Ils n'étaient que quelques uns à s'être convaincus de l'utilité d'une attente prolongée, tuant le temps en faisant et refaisant leur paquetage afin d'en améliorer le remplissage et d'y enfouir le maximum d'effets. Les Américains qui administraient désormais la zone leur facilitaient le remplissage. Pas un rideau de fer de magasin ne résistait à leur passage. Ils encourageaient les prisonniers encore présents à se servir abondamment dans ces boutiques opportunément ouvertes gratuitement en libre service.

- Come on ! Come on ! C'est cadeau ! criaient les Américains. Les prisonniers présents s'empressaient de pénétrer dans ces cavernes d'abondance soudainement offertes à eux. Ainsi, dans ces derniers jours de captivité, Pierre revenait avec quelques effets chapardés à cette occasion. Cette soudaine opulence tranchait singulièrement avec ces longues années de privation et particulièrement en ce qui concerne les vêtements, manque auquel il s'était néanmoins et peu à peu habitué. Cette soudaine profusion lui procurait une sensation exaltante, mais modérée par les réflexes de prudence d'un homme encore captif et désireux de ne pas prendre de risques inutiles à quelques heures de sa libération.

Cette collecte se bonifiait également de tous les effets abandonnés par les Américains. Cette situation était incroyable, tant elle perturbait les habitudes de rationnement acquises depuis plus de cinq années. Une fois utilisés par les Américains, les tenues militaires, les sacs, les cantines, étaient délaissés au profit d'affaires neuves qui arrivaient sans cesse, fournies en nombre par l'intendance militaire américaine. C'était à croire qu'ils avaient débarqué sur le continent toutes les réserves de l'armée américaine pensait Pierre. Cigarettes et chewing-gums étaient distribués en nombre. Pierre découvrait ces soldats, optimistes, généreux, jeunes et plein d'énergie. Ils débordaient d'enthousiasme et le montraient comme peuvent le faire des jeunes à peine conscients d'avoir traversé avec beaucoup de chance ces centaines de kilomètres libérateurs au cours desquels les combats et les pertes avaient été lourds, mais qui les avaient épargnés. A tous ces pauvres Français bientôt délivrés de leur longue captivité, ils offraient l'espoir tant attendu. Ces libérateurs symbolisaient aux yeux de Pierre, le courage et la récompense de n'avoir jamais désespéré. Peu à peu les récits de leurs exploits et de leur sacrifice renforçaient sa conviction qu'il n'y a jamais de fatalité dans le désespoir. La phrase de Bernanos qu'il s'était tant de fois remémoré pendant sa captivité prenait alors tout son sens.

- La plus haute forme d'espérance, c'est le désespoir surmonté, dit-il tout haut, au milieu de la chambrée, envahie du vide de ceux qui étaient partis et dans laquelle lui et quelques uns tuaient les dernières heures d'attente.

- Tu m'as toujours étonné, Pierre. Comment as-tu fait pour rester toujours ainsi, à ne pas sombrer ? lui rétorqua son camarade Jean.
- Détrompe-toi Jean, j'ai souvent eu le cafard. Mais j'ai toujours eu confiance, même dans les pires moments. Certains d'entre nous se sont suicidés de désespoir. Je n'ai jamais compris cela. Même durant ces dernières semaines au cours desquelles nous subissions des bombardements nourris, je n'avais pas peur. Tu sais bien que j'étais très souvent le dernier à aller me cacher, tellement j'étais certain que je réchapperai de tout. Je ne me voyais pas mourir là.
- Comment pouvais-tu croire cela Pierre ?
- Vois-tu Jean, j'ai toujours pensé à mon père, qui durant la grande guerre s'est trouvé au cœur du théâtre des opérations et dans les pires moments. Il était sorti du chemin des Dames. Il y a un atavisme qui pousse ma famille à la vie. Je ne pouvais donc revenir que vivant !

Cette affirmation avait été faite avec tant de conviction et d'optimisme que quiconque ne se sentit l'envie de rajouter quoi que ce soit. Ce message d'espérance était celui d'un homme au dessus des autres. C'était celui qui l'avait conduit à l'insubordination permanente durant sa captivité. La certitude de rentrer vivant de cette épreuve l'avait certainement aidé à adopter des comportements courageux et patriotiques quand parfois certains de ses condisciples cédaient à la collaboration la plus vile avec les Allemands, alors même qu'ils étaient leurs prisonniers.

C'est ainsi que quelques jours avant d'être libéré il avait pu, une nouvelle fois, témoigner auprès de ses camarades de sa volonté de ne jamais céder ainsi que celle de ne jamais être soumis à l'ennemi. En cette fin de guerre, il consacrait l'essentiel de ses journées au dur labeur de bûcheron dans ces forêts de conifères. A l'heure du déjeuner, lui et ses camarades restaient seuls sur la parcelle, tandis que le propriétaire rentrait déjeuner au village. Quelques pommes de terre à la braise et un morceau de saucisse sèche constituaient l'essentiel des repas frugaux que leur consentait leur dure condition de prisonnier. Un morceau de pain infect complétait ce festin dont le principal objectif était de donner la sensation d'être repus à défaut de l'être. Ces quelques instants de bonheur que conférait la liberté, étaient bien plus nourrissants et les flammes opportunes du foyer venaient conforter cette ambiance opportunément créée entre eux, en l'absence de leur geôlier. Ce jour-là les sirènes annoncèrent étonnamment le survol de la zone par des avions alliés. Les Américains étaient plus enclins à bombarder de nuit et Pierre s'étonnât d'une telle situation. La DCA se mit à tirer abondamment sur les bombardiers américains. Elle parvint à en emporter quelques uns qui une fois touchés fendaient le ciel dans un sifflement strident et s'écrasaient au sol dans un fracas de tôles et de feu. Le ciel était constellé de tirs de la défense au sol qui arriva à atteindre un nouveau bombardier. Celui-ci explosa en plein vol juste au dessus des prisonniers. Un parachutiste s'échoua sur une voie ferrée limitrophe de la forêt, un autre à proximité du secteur où les prisonniers se trouvaient. Pierre entraîna immédiatement ses camarades en direction de l'endroit où avait échoué cet Américain. Parvenus sur place, ils ne trouvèrent que le parachute accroché dans un arbre dont le propriétaire s'était visiblement extrait en sectionnant les sangles. Ils aperçurent néanmoins et au loin leur héros s'enfuyant. La fin de l'alerte retentit alors. Habituellement, c'était l'instant où les Allemands valides qui œuvraient dans les usines ou les fermes avoisinantes quittaient leur poste de travail pour se regrouper afin de traquer les Américains. Une fois au sol, ces parachutistes échoués devenaient la proie de cette meute haineuse. L'une de ses patrouilles d'intervention se présenta au groupe de prisonniers alors qu'ils étaient en train de détacher le parachute dont la précieuse toile était devenue la source de tout leur intérêt, en l'absence de son propriétaire.

- Où est-il ? hurla l'officier qui conduisait la patrouille.

Pierre habitué à prendre l'initiative et trop inquiet des éventuels comportements délateurs de ses camarades pétrifiés par la peur indiquât à l'officier la direction bien entendu inverse de celle où ils avaient vu fuir le soldat allié. Sceptique quant à l'information fournie par Pierre et désireux de la vérifier, l'officier le fixa avec intensité et lui dit calmement :

- Si on ne le retrouve pas avant ce soir, dans la direction que vous nous avez indiquée, je vous tiendrai personnellement responsable de son évasion !

Pierre ne bronchât pas, ce qui convainquit l'officier allemand que ce Français-là devait forcement dire la vérité, habitué à observer un comportement fait de lâcheté fréquente, de manque de courage endémique et de dénonciations immédiates de la part de ces condisciples. Il donna le signal du départ à cette curieuse équipée qui repartit dans la direction indiquée par Pierre. L'officier allemand en se retournant aurait certainement vu dans le visage souriant et vainqueur de Pierre, qu'il restait encore sur le sol allemand des Français qui faisaient honneur à leur patrie et à leur statut de militaire, même s'ils étaient prisonniers depuis tant d'années.

C'est une autre équipée qui finalement rattrapa le pauvre Américain, en même temps qu'était capturée une dizaine de ses compatriotes émissaires des forces alliées et malencontreusement tombés du ciel par l'infortune d'un tir chanceux de la DCA allemande. Comme il était de tradition et afin de saper le moral des prisonniers de guerre, ils avaient été conduits sur la place du village pour assister à une cérémonie d'humiliation à laquelle l'officier allemand rencontré dans la forêt semblait se livrer avec délectation et sans souci de respecter une quelconque convention. Trop mobilisé par la joie d'avoir récupéré ces quelques malheureux Américains, il en avait oublié la promesse faite à Pierre de le sanctionner, car aucun parachutiste n'avait été trouvé dans le secteur prétendument indiqué par Pierre. L'officier polyglotte s'adressa aux Américains dans un anglais aussi parfait que le français qu'il avait utilisé pour interpeller Pierre, quelques heures plus tôt. Pierre ne comprenait pas exactement de quoi il s'agissait, mais au ton de la voix, aux intonations intimidantes que cet officier adoptait théâtralement, il était certainement question d'une leçon d'histoire péremptoire. Elle était probablement destinée à leur faire comprendre que la grandeur du IIIe Reich ne se laisserait pas bafouer par la coalition alliée à laquelle ils participaient. Leur capture était une illustration glorieuse et lui apportait une chance opportune de le leur rappeler. Visiblement agacé par l'absence de réaction de ses prisonniers qui refusaient obstinément de le saluer, il se saisit de l'insigne de corps accroché à la veste d'un des officiers aviateurs, la lui arracha et l'écrasa au sol sous sa botte vengeresse en lui assenant une gifle sonore et dégradante, avant de dégainer son revolver et de l'achever à bout portant pour l'exemple. Pierre ulcéré, n'eut d'autre choix que celui de se taire, comme le firent ses camarades et comme les civils allemands présents, tout aussi résignés à ne pas intervenir inutilement. Cet officier portait sa haine et sa morgue comme ultime décoration de son combat devenu désormais illusoire. La cérémonie terminée, le corps du malheureux évacué, les prisonniers furent acheminés par camion militaire et chacun repris le chemin de son ouvrage.

Quelques jours après sa libération, Pierre, qui n'avait pas supporté cet épisode, s'était présenté à l'un des officiers américains pour lui indiquer l'endroit où se terrait cet Allemand qui s'était grimé en vieux paysan pour échapper, à son tour à son sort de prisonnier de guerre. Pierre en avait été informé par des villageois, trop contents de soulager leur conscience à moindre frais. Désormais, cet officier fuyait, bien conscient de la situation périlleuse dans laquelle il se trouvait. Pensait-il pouvoir échapper à son sort dorénavant, défait de son pouvoir coercitif et abusif qui lui avait permis d'accomplir tant d'horreurs ? Pierre n'avait jamais dénoncé quiconque. Il se félicita de le faire ce jour-là pour la première fois. Il pouvait rentrer désormais en France soulagé d'avoir rendu à ce héros américain la vengeance d'honneur méritée.

III

Bavière, 11 mai 1945

Ce matin-là, les hommes du kommando furent réveillés de bonne heure par l'arrivée d'un camion. Il s'immobilisa bruyamment devant une annexe de la scierie qui leur servait de chambrée. Très vite, ils réalisèrent que ces agitations extérieures signifiaient un retour imminent. Un officier français pénétra alors dans la pièce :

- Messieurs ! Dépêchez-vous de vous préparer, nous vous ramenons en France. Vos femmes vous y attendent avec impatience ! clama-t-il à la cantonade.

Cette affirmation parut irréelle aux trois hommes du kommando, tant elle était attendue depuis si longtemps. Pierre prit immédiatement la mesure de l'événement et pour mieux s'en imprégner jeta un regard circulaire sur cette pièce qui depuis de trop longs mois avait accueilli ses longues nuits d'attente, d'interrogation et parfois d'angoisse. Il observa attentivement chaque détail, chaque objet, chaque recoin, alors que déjà ses camarades de chambrée se pressaient pour emporter les paquetages ficelés depuis de longs jours et qui n'attendaient plus qu'à être transportés sous d'autres cieux plus cléments. Cette pièce lui sembla soudain sympathique. Les barreaux projetaient au sol leur ombre sous l'insistante luminosité de ce petit matin ensoleillé de printemps. Ces barreaux dérisoires avaient été placés aux fenêtres de la salle de cette petite annexe, la transformant ainsi en geôle éphémère. Pierre ne les apercevait plus depuis bien longtemps. Il fallait que son départ soit imminent, pour qu'à la faveur de cette luminosité propice il prenne à nouveau conscience de leur existence. Déjà la proximité de sa liberté retrouvée lui fit oublier leur sinistre présence passée. Un optimisme renaissant en cette journée joyeuse lui fit penser que très rapidement, ces barreaux allaient certainement être descellés pour restituer à cette pièce sa fonction originelle. Ainsi va la vie, se dit-il. Rien n'est jamais définitif, et le temps se charge de perturber inlassablement les certitudes et les situations que les hommes tentent de figer.

Il s'installa dans le camion avec son précieux paquetage et y trouva une dizaine de prisonniers qui avaient été ramassés dans d'autres kommandos. Les visages étaient rayonnants, les discussions nourries, l'excitation palpable. Chacun savourait des cigarettes américaines offertes par les libérateurs et dont ils disposaient à foison, oubliant avec délice l'âcreté du tabac brun fumé durant la captivité et qui arrivait par les colis tant attendus.

Assis à l'arrière, Pierre observait ce paysage connu s'enfuir au loin, à l'instar d'une image s'éloignant et qui conclut un film par le mot FIN. Une forte nostalgie l'envahit. Les lieux dans lesquels il avait enfoui sa souffrance de prisonnier semblaient lui être devenus attachants. Il y avait pris ses marques et ce départ précipité les lui retirait avec trop de brutalité pour qu'il ne soit pas quelque peu envahi par la mélancolie.

Le camion les conduisit rapidement à un camp de transit proche de Nuremberg. Il y régnait un désordre indescriptible, les véhicules déversant sans discontinuer leur cargaison de prisonniers. Bientôt rendus à la liberté, tous ces hommes se congratulaient, se reconnaissaient ou se retrouvaient par un heureux hasard, dans une ambiance redevenue joyeuse. Sitôt parvenu à ce camp, Pierre eu la surprise d'y retrouver très vite ses camarades de chambrée, partis quelques jours plus tôt et qui n'avaient vu de l'avion, celui qui devait les ramener prestement en France, que l'inconfort d'un camion militaire qui les avait conduits dans ce camp. Déchargés du poids de leur paquetage incompatible avec le retour aéroporté qu'ils avaient choisi comme moyen de transport, ils allaient dorénavant rentrer en France dans le dénuement le plus complet, illustrant l'adage bien connu, que rien ne sert de courir mais qu'il faut partir à temps. Dépités de leur sort, dont l'arrivée de Pierre et de ses camarades chargés comme des baudets accentuait encore plus cruellement, ils se dirent que Pierre avait eu raison. Ils auraient du l'écouter, plutôt que de céder à leur empressement de rentrer, en abandonnant leurs effets, alors que le principal enjeu qui leur serait imposé désormais, serait celui de survivre de retour en France, en ne partant de rien.

Alors que Pierre déambulait dans les travées de ce camp, il fut interpellé par une voix qui lui était familière. Se retournant, il se trouva nez à nez avec Marcel, un camarade du kommando près d'Ingolstadt où il avait été affecté en mars 1944.

- On te croyait mort, Pierre, s'exclama-t-il. Ah ! Je suis rudement content de te retrouver ici !

Faut dire qu'avec Louis votre tentative d'évasion nous avait surpris ! Et quand les Schleus nous ont dit que vous aviez été arrêtés, on était persuadé que vous aviez été conduits à au camp de représailles de Rawa-Ruska et que vous y étiez morts. Ca fait plaisir de te voir là !

Cette rencontre inattendue remémora à Pierre très précisément cette aventure, qui en présence de Marcel s'éclairait à nouveau brusquement. Cette affaire avait effectivement eu lieu en mars 1944.

A nouveau prisonnier en kommando à cette époque, Pierre ne s'était pas résigné à cette pénible attente. Plus les mois s'écoulaient, plus son désir de mettre fin à cette captivité s'était affranchi de l'inquiétude des représailles d'un échec d'une éventuelle évasion. Dans les premiers temps de la captivité, les nouvelles qui lui parvenaient lui suffisaient à se convaincre de l'imminence de sa libération. Les reculs successifs des Allemands sur les différents fronts des opérations le convainquaient que tout cela allait se terminer bientôt. Il lui semblait préférable de confier ses espoirs d'une libération prochaine aux efforts de guerre des Alliés qui allaient écraser l'Allemagne nazi plutôt qu'à l'incertaine réussite d'une évasion hasardeuse. La victoire anglaise d'El-Alamein contre l'Afrikakorps du général Rommel, en octobre 1942 et qui conduisit à sa capitulation en mai 1943 au cap Bon, était interprétée par les prisonniers comme des signes évidents d'une issue proche. Les prisonniers avaient été informés que dans le même temps l'amiral Darlan avait décidé de ne plus répondre à la politique de collaboration de Vichy en négociant directement avec les Américains. Ces signes évidents de retournement de situation étaient autant d'espoir de voir leur calvaire se terminer bientôt. Et puis il y avait eu Stalingrad « Vous verrez mes amis, le rouleau compresseur russe va anéantir l'Allemagne nazi d'Adolf

Hitler ! » répétait Pierre à ses camarades pour leur remonter le moral. Mais les mois passaient et la confiante attente de la libération alliée se dissolvait dans l'interminable interrogation de savoir quand. C'est ce qui l'avait peu à peu convaincu de ne confier le sort de sa libération qu'à sa propre volonté, les longues heures d'attente lui avait donné le temps d'échafauder un plan d'évasion avec son ami Louis.

Ils avaient comme projet de prendre un train de nuit avec la complicité d'une Allemande qui leur avait obtenu des billets de première classe. Ils seraient alors montés à bord d'un train qui reliait Berlin à Munich et qui s'arrêtait à Nuremberg. Une fois à Munich, ils espéraient rejoindre à pied la Suisse par un passage qui leur avait été indiqué à Schaffhous, à l'Ouest du lac de Constance, par lequel certains auraient réussi à passer.

Une première tentative avait échoué. En effet cette nuit-là des bombardements américains avait pulvérisé la verrière de la gare de Nuremberg et le train n'était pas passé du fait des dégâts. Les deux évadés avaient du se résigner à regagner le kommando de nuit sans pour autant les dissuader de réitérer leur projet le plus rapidement possible.

La deuxième tentative fut meilleure. Pierre avait teint deux costumes et confectionné des cravates pour qu'ils soient identifiés à des civils. A minuit Pierre et Louis prenaient place dans le train à destination de Munich. A peine avaient-ils roulé une heure, qu'ils entendirent les échos de voix allemandes dans le couloir. Pierre qui maîtrisait correctement l'allemand indiqua à Louis qu'il s'agissait d'un contrôle.

A l'« Ausweis bitte ! » ils ne purent malheureusement échapper à leur arrestation en dépit de dérisoires protestations sur le supposé vol de leurs papiers. Celles-ci ne convainquirent pas le soldat allemand qui, afin de finir le contrôle du train, les confia à un civil, en lui indiquant qu'il s'agissait de prisonniers français évadés. Ce gardien improvisé s'exécuta avec zèle, les surveillant attentivement jusqu'à la gare d'Ingolstadt, où ils furent remis aux autorités de la gendarmerie. Conduits au bureau des officiers et après leur avoir préalablement fait retirer leurs lacets et leur ceinture ils durent attendre ainsi le restant de la nuit. Pierre avait prévenu Louis qu'il fallait adopter une attitude démontrant leur statut de militaire. Le lendemain matin, l'officier se présenta à eux, aussitôt salués au garde à vous par les deux évadés.

- Il faut attendre. Sentinelle venir pour chercher vous et mettre vous en prison ! fut la seule réponse à leur stratégie d'apitoiement.

Pierre et Louis attendirent encore, le clocher d'une église proche leur signifiant le temps qui s'écoulait, tous les quart d'heure. Des bruits divers et variés venaient animer cette attente prolongée, chacun d'entre eux essayant de les interpréter et d'en trouver un sens. Un soldat parlant quelque peu français se présenta à eux à l'issue de la matinée. Il les conduisit dans les rues d'Ingolstadt en leur indiquant qu'il était en charge de les accompagner en prison. Parvenus à un premier établissement ils durent à nouveau patienter dans une salle d'attente. Dans cette salle des prisonniers étaient en train de laver le sol à la serpillière. Une fois seuls avec eux, l'un d'entre eux se leva et le bras tendu et le poing fermé, il leur cria

- Ich. Communist !

Pierre lui extrait de sa musette des cigarettes et les lui donna. En le remerciant il lui indiqua :

- Moi. Prison depuis 1933 !

Cette exclamation rappela à Pierre qu'il y avait pire que lui. Cet homme était prisonnier d'un régime autoritaire, depuis dix ans. Comment les gouvernements français d'alors avaient-ils pu ignorer le péril qui grandissait au cœur de l'Europe ? Comment avait-on pu imaginer qu'il sortirait la paix de cette implacable montée du nazisme ? Combien de malheurs aurait-on pu éviter si l'on s'était intéressé, en particulier, au sort de ces militants communistes allemands devenus prisonniers dès les premières heures de la prise du pouvoir par Hitler ? On aurait certainement pu éviter d'en créer plus d'un million, dont Pierre faisait désormais parti. Ces interrogations ranimaient son exaspération alors qu'il se retrouvait confronté par les aléas de la guerre en présence de ces prisonniers politiques.

- Et dire qu'on nous a baratinés après Munich. Ils ont fière allure Chamberlain et Daladier. Ce sont eux qu'on devrait retrouver prisonnier ici. Nous payons depuis trop longtemps leur lâcheté d'avoir cédé à Hitler sur les Sudètes, fulmina-t-il tout fort.

De retour le garde allemand les avertit qu'il allait les conduire ailleurs, ce premier établissement étant plein. Alors qu'ils repartaient dans les rues de la ville, surveillés par leur geôlier, ce dernier leur dit soudain :

- Vous connaissez le Beau Danube Bleu ?
- Non on ne connaît pas, répondit Pierre.
- On va aller voir, car le beau Danube, c'est égal la Seine, s'exclama avec force leur gardien soudainement enthousiaste.

Etrangeté de la guerre qui préserve quelques moments d'humanité, une équipée constituée de deux évadés capturés et leur geôlier ennemi était en train de contempler le beau Danube Bleu. Il s'avéra aussi sale que ne l'était la Seine... L'incongruité de cette scène qui avait déclenché une soudaine proximité entre ces hommes poussa Pierre à l'interroger

- Mais il semble que vous parlez bien français. Comment l'avez-vous appris ?
- Oui ! Moi j'étais à Bordeaux, lui répondit-il en prononçant le « x » de Bordeaux avec insistance, et moi, aimais beaucoup mademoiselle française. Moi vouloir marier avec mademoiselle française. Mais le papa, pas aimer les Boches. C'est comme cela et me voilà ici maintenant !

La guerre meurtrissait les hommes sans distinction, de part et d'autre. Les cœurs semblaient également victimes de cette terrible injustice, se dit Pierre. Un cœur aimant sur le sol français était séparé de celui d'un Allemand retourné dans son pays, tandis que le cœur de Pierre sur le sol allemand rêvait du jour où il retrouverait celui de sa femme éloignée du sien en France. Décidément cette guerre avait de bonnes raisons de se terminer, songeât-il avec un humour inaccoutumé.

Le deuxième établissement pu accueillir Pierre et Louis. Ils y furent placés deux jours dans l'attente d'un interrogatoire en bonne et due forme. Remis à la police de Nuremberg, un officier allemand interrogea Pierre :

- Vous vous évadiez !
- Non ! lui répondit-il avec aplomb. Je ne m'évadais pas, j'allais voir mon beau-frère prisonnier dans une ferme aux environs de Munich.

- Non, vous vous évadiez. Moi Monsieur si j'étais prisonnier en France, je m'évaderais comme vous. Mais je dirais que je m'évade. Je ne comprends pas pourquoi vous ne voulez pas dire que vous étiez en train de vous évader.
- Je ne vais pas vous dire que je m'évadais, puisque je vous affirme que j'allais retrouver mon beau-frère près de Munich !

Cette obstination à nier l'évidence ne convainquit pas son inquisiteur qui l'envoya, avec son camarade Louis, sur le champ dans un camp disciplinaire afin de leur faire oublier leur vaine évasion.

Les camarades de kommando de Pierre avaient été informés de sa capture. Connaissant la propension de Pierre à être une forte tête, ils s'étaient convaincus qu'il avait été placé dans un camp disciplinaire duquel il avait bien peu de chance de sortir vivant. C'était donc une vraie surprise pour Marcel. Il n'avait pas bougé, observant Pierre silencieux visiblement imprégné par des pensées qu'il ne souhaitait pas interrompre. L'émotion de ces retrouvailles était visiblement aussi éclatante pour Pierre que pour Marcel. L'origine de cet émoi était en outre très différente. En cette fin de guerre, cette rencontre inattendue apportait un message d'espoir. Ainsi, la présence de Pierre, à cet instant, témoignait de la victoire de la volonté sur la résignation. Elle devenait une leçon pour ceux de ses camarades qui avaient été enclins au désespoir et à la soumission. La joie de Marcel était désormais enrichie de celle de revenir de cet enfer avec, tout de même, quelques souvenirs heureux et en particulier celui d'avoir retrouvé un ami qu'il croyait mort.

IV

Nuremberg, 12 mai 1945

Déjà vingt-quatre heures se sont écoulées. Pierre était en attente d'un départ qu'on disait imminent. Les prisonniers de guerre regroupés dans ce stalag, transformé désormais en centre de rassemblement, ne dissimulaient plus leur impatience d'en finir avec la captivité. Certains d'entre eux, n'y tenant plus, avait quitté les lieux et pris l'initiative de rentrer par leurs propres moyens. Pierre trouvait cela absurde. Où allait les conduire cette improvisation totale si ce n'était à être contraints d'errer dans cette immense Bavière qu'il leur faudrait traverser afin de parvenir à la frontière sans aucune certitude d'y parvenir ? Combien de temps leur faudrait-il pour arriver à leur destination ?

Certainement beaucoup plus que les derniers jours d'attente nécessaires à patienter dans ce camp. En tout état de cause, ils auraient certainement été ramenés plus sûrement et plus promptement en France. Pierre ne comprenait pas l'empressement de certains de ses camarades à rentrer sans attendre et qui les conduisait à prendre des dispositions parfaitement incohérentes et certainement inefficaces. Leur escapade de retour les confronterait, à coup sûr, aux affres d'un long périple inconnu, sans aucune certitude de parvenir à leur destination. Les ordres avaient été pourtant clairs. Au moindre contrôle ce périple hasardeux les reconduirait à leur point de départ.

La promiscuité qui régnait dans le camp était probablement à l'origine de l'impulsion irrationnelle et soudaine les poussant à un départ précipité. Il est vrai qu'il régnait un désordre de fin de guerre dans cet entassement invraisemblable et désorganisé. Les hommes étaient livrés à eux-mêmes, se regroupant en communauté d'intérêt au sein du camp et s'organisant tant bien que mal pour assurer l'ordinaire. Les sorties du camp permettaient d'approvisionner ces groupes gérés comme autant d'entités autonomes, avec leurs propres règles opportunément créées pour assurer l'essentiel d'une survie que chacun savait désormais plus que provisoire. De nombreux feux illuminaient le camp, le soir. Les PG s'y regroupaient et partageaient leur attente entre jeux et discussions. Une première thérapie de groupe leur permettait de raconter, chacun avec la singularité de son parcours, ces longues années d'attente, en kommando ou en stalag.

Pierre écoutait plus qu'il ne racontait. Il s'étonnait d'entendre autant de belles histoires patriotiques tranchant singulièrement avec ce qu'il avait pu observer. Il s'était souvent désespéré du comportement servile et collaborant de nombreux PG qu'il côtoya durant ces cinq années de captivité, les mêmes dont les récits glorieux éclairaient d'un jour nouveau le triste destin qu'ils avaient pourtant choisi d'embrasser. Qu'étaient devenus tous ceux d'entre eux que Pierre s'efforçait à décourager de travailler pour la guerre et qui s'y refusaient ? Dans ce camp de transit, il semblait que ne subsistaient que des héros de la résistance passive. Décidément l'Homme ne manquait pas d'étonner Pierre et encore plus aujourd'hui où chacun tentait d'oublier les comportements qu'il n'aurait jamais du avoir. Ces dernières heures permettaient de façonner une histoire qui serait racontée afin de tenter de minorer les aspects peu combatifs de leurs captivités au profit d'une légendaire résistance. Les arrangements avec les autorités allemandes seraient désormais oubliés. Les cadences trop généreusement offertes par les PG ou les volontaires du STO à l'organisation industrielle du IIIe Reich feront partie d'une légende ou au pire de comportements effectifs mais trop sporadiques pour en parler plus longuement. Chaque prisonnier se convainquait également d'avoir mûrement réfléchi à de nombreuses tentatives d'évasion qui n'auraient pu aboutir en raison de la fin de la guerre qui s'annonçait jour après jour plus proche et qui rendait totalement inutile de tels projets. Bien entendu, on n'évoquerait pas plus également l'existence des Allemandes rencontrées dans les fermes et les usines, ignorées par les PG, insensibles à leur charme et dont les pulsions étaient restées dans une casemate de la ligne Maginot en juin 1940. La France cantonnée outre-rhin se refaisait une santé morale habillée d'une soudaine éthique, avant de franchir la porte des foyers qui attendaient ses soldats. Pierre découvrira plus tard qu'il en avait été de même en France. La distance, l'éloignement ou la délocalisation n'avaient pas plus exacerbé les nobles sentiments de résistance de ceux qui étaient restés au pays. Seuls quelques héros avaient, ici comme ailleurs, renoncé aux mirages de la collaboration et de son chantre, respecté et suivi par l'immense majorité des Français, le Maréchal Pétain. Ce renoncement à se battre fut le même pour les Français, occupés par les Allemands sur leur territoire, que pour ceux asservis chez l'ennemi.

Pierre se remémorait ses souvenirs de captivité, déterminé à les enterrer en même temps qu'il reviendrait en France. A quoi bon ressasser désormais la litanie de ces longues journées d'attente et leur cortège d'avilissement et de privations ? Bien décidé à s'ancrer désormais dans l'avenir, prometteur d'un nouveau départ et synonyme de renouveau, il répertoriait les événements passés afin de provisoirement disparaître. Leur évocation était immédiatement suivie d'un classement. L'objectif n'était pas d'oublier, mais de mettre de côté pour ne pas empêcher l'avenir de se proposer à lui, dans ce qu'il avait désormais de plus enthousiasmant. Les longs monologues héroïques de ses camarades l'en convainquaient encore plus. Il lui vaudrait mieux ne plus avoir à évoquer le passé avec tous ceux qui, se vantant d'en être les glorieux acteurs, finiraient par le rendre aigri et rancunier. Pour lui les choses avaient été ce qu'elles devaient être, ni plus ni moins que ce qu'il se rappelait alors en cette dernière soirée de captivité, autour d'un feu de camp et dans l'agitation apocryphe qui lui était imposée à cet instant par les récits de ses camarades d'infortune.

Durant ces longues années, comme tous les prisonniers de guerre, il avait dépendu d'un Stalag. Après sa capture en juin 1940, il fut acheminé en Allemagne par train à bestiaux. A chaque gare, le convoi s'était arrêté. Pierre s'était alors interrogé avec angoisse de ce qu'il allait lui advenir. Des bruits de portes coulissant avec fracas. Des voix d'hommes ordonnant et criant dans une langue qu'il lui faudrait désormais mieux appréhender. Des bruits de pas. Un coup de sifflet et le train repartait. Chacun tassé dans son wagon tentait d'imaginer ce qu'il avait pu se produire et ce qu'il adviendrait pour lui-même, peut-être au prochain arrêt. Ce ne fut qu'à l'issue de vingt heures de trajet et à la treizième halte que la porte du wagon où était remisé Pierre en compagnie de quarante autres prisonniers s'ouvrit. On les fit descendre dans cette petite gare qui livra à Pierre, pour la première fois de son existence, les particularités d'un paysage nouveau et étranger. Sur le quai, un solide gaillard en costume traditionnel s'approcha de lui. Après lui avoir tâté les muscles des bras et avoir fait de même pour deux autres prisonniers, il fit un signe d'approbation aux officiers allemands et les embarqua à bord d'une charrette. Affecté dans un moulin, l'expérience ne dura pas longtemps pour Pierre, son mètre quatre vingt cinq avait masqué une frêle corpulence qui ne lui permettait pas de soulever des sacs de 100 kilos de farine, ce qui exaspéra vite le meunier dont les objectifs ne pouvaient se satisfaire d'un si piètre travailleur. Quinze jours suffirent à abréger la perte de productivité du moulin ainsi que le calvaire de Pierre.

Affecté, durant toute sa captivité à de multiples kommandos, il découvrirait ces nombreux locaux improvisés et réquisitionnés destinés à héberger cette main d'œuvre déportée. Le dortoir était souvent un local désaffecté, ancien restaurant ou bar dans lequel avaient été installés des lits superposés, dimensionné pour servir de chambrée pour huit à dix prisonniers affectés dans le kommando. Surveillés par une sentinelle appelée Posten qui partageait, bien malgré lui, la destinée de ces quelques Français perdus dans cette campagne devenue inhospitalière. Ce soldat allemand accompagnait ses prisonniers tous les matins au travail et les reprenait le soir pour les reconduire dans cette hostellerie inattendue. Il passait dans chaque ferme et récupérait le prisonnier qui y était affecté de telle sorte qu'à la fin de sa tournée, tous les prisonniers d'un même kommando se retrouvaient ensemble pour retourner à pied à l'endroit où ils couchaient. Cela représentait souvent de longues heures de marche qui venaient s'ajouter à la fatigue des journées de travail. De retour, et après avoir été servi d'une maigre soupe et le plus souvent d'un morceau de saucisson, Pierre se couchait en espérant des jours meilleurs et en pensant à Manon dont chaque instant de captivité rendait l'absence de plus en plus douloureuse. La sentinelle dormait à côté d'eux dans un local attenant. Il était enfermé, les fenêtres étaient grillagées. Chaque détail venait lui confirmer qu'il était désormais, et sans conteste, prisonnier.

Le moulin ne voulant plus de cet inefficace forçat, il fut affecté dans une ferme qui ne comptait que quelques vaches et pratiquait une polyculture d'autosuffisance. Elle était occupée par une mère et ses deux filles, le père étant mobilisé dans les Ardennes. Elles étaient particulièrement sales ; Pierre ne les verrait jamais se laver durant toute la période où il fut affecté dans cette ferme. Elles avaient les pieds répugnants et enfilaient des bas noirs afin de masquer leur crasse. Elles se s'humectaient succinctement dans l'étable et s'essuyaient à l'aide d'un drap qui n'avait conservé de blanc que d'infimes espaces ayant échappé à leurs essuyages sommaires. Ce drap infect pendait dans la cour en signifiant, sans cesse à Pierre, la triste condition dans laquelle cette guerre l'installait peu à peu. Il découvrait le monde rural, dans sa dimension la plus reculée et arriérée. Ce peuple des campagnes vivait la guerre avec la satisfaction de voir la main d'œuvre masculine et autochtone, soustraite par les différents fronts, remplacée et parfois avantageusement par cette jeunesse française. N'ayant aucune nouvelle de Manon, Pierre était décidé à ne rien faire. Le trio féminin désireux de faire fonctionner néanmoins l'outil agricole se chargea de dénoncer Pierre et de se plaindre de son absence de zèle.

Pierre fut affecté à une autre ferme. Celle-ci était dirigée par un homme. Les autorités allemandes avaient probablement pensé qu'en raison de sa présence, le récalcitrant serait vite mis au pas. Cette exploitation agricole était d'un tout autre ordre. Elle abritait un couple ainsi que leur fils de douze ans. Pierre sympathisa assez rapidement avec le père, Dieter. Celui-ci avait été fait prisonnier à la fin de la guerre 14-18 ; il avait des souvenirs des Français et respectait Pierre en sa qualité de soldat. Il lui donnait de temps en temps des cigarettes, du saucisson, en lui précisant à chaque fois « *pas parler Madame et petit !* » ne souhaitant pas porter à la connaissance de sa femme ni de son fils, ces quelques signes porteurs d'humanité réconfortante. Il souhaitait les préserver en dépit des circonstances d'une guerre dont il avait pu mesurer dans le passé et par lui-même la difficile épreuve. Il semblait d'autant plus enclin à conserver le secret que son fils représentait le plus grand danger pour lui et pour sa famille. Exemplaire caricatural du parfait Arien en devenir, l'adolescence florissante de ce blondinet laissait percevoir sous les derniers traits d'un visage d'ange, ceux endurcis d'un petit nazillon en éclosion. Il prenait de l'importance à se vêtir, de telle sorte qu'aucune ambiguïté ne puisse subsister sur son engagement à suivre son Führer. Pierre représentait à ses yeux les longues années d'humiliation du peuple allemand qui avait permis l'émergence de cette folle aventure du nazisme, purgatoire de l'incurie et des erreurs des dirigeants du monde au sortir de la première guerre mondiale. Bien malgré lui, Pierre était aux yeux de cet adolescent exalté, l'ambassadeur enfin capturé de cette communauté internationale, qui, en humiliant l'Allemagne de Weimar, avait radicalisé peu à peu une jeunesse appauvrie et désemparée. Elle s'était jetée dans les bras d'un nationalisme social réconfortant et revigorant. Son père était autant suspect que Pierre à ses yeux. Il lui avait dit que les Allemands avaient signé l'armistice et qu'ils avaient perdu la guerre en 1918. Rien de tout cela ne valait selon ce jeune patriote allemand. La lâcheté de la génération passée devait trouver sa vengeance dans les combats actuels. Wolfgang comptait les jours qui le séparait d'une intégration possible à l'armée allemande en se désespérant de n'être pas en âge pour aller laver le déshonneur allemand. En ce début de guerre, il ne se doutait pas que ces critères ne seraient plus de mise en 1945, quand l'armée allemande écimée par de lourdes pertes et confrontée à de trop nombreux fronts simultanés l'enverrait de force à la guerre pour y perdre sa vie et ses illusions à seize ans.

Dieter était sympathique avec Pierre. Ainsi le dimanche pour le lui témoigner, alors que sa femme allait à la messe avec son rejeton, il lui donnait en douce un morceau de radis noir, ou un cornet de sel et un morceau de beurre, des petits cigares, des Ninas, ou encore un mark civil. Cette gentillesse s'exerçait régulièrement sauf le lundi matin. Comme de nombreux Allemands, il partait le dimanche après-midi au café pour jouer aux cartes. Il buvait de grandes chopes de bière avec du schnaps, qu'il partageait avec ses compatriotes. Les parties de cartes se transformaient régulièrement en beuverie générale. Cette saoulerie ajoutait au pilier du national-socialisme celui de la compensation alcoolisée qui leur faisait oublier cette sale guerre qu'ils ne comprenaient pas. Le dimanche soir son vélo le ramenait à la ferme,

Dieter étant trop saoul pour y parvenir seul. Le lundi matin il n'était pas à prendre avec des pincettes, les excès dominicaux coulant encore en quantité dans ses veines et produisaient encore leur effet et entretenait une gueule de bois peu propice à l'entente franco-allemande. Pierre eut à vivre des moments difficiles à l'occasion de ces lundis, l'un d'entre eux en particulier. Dieter se remémorant l'époque où il avait été fait prisonnier durant la dernière guerre mondiale, dans le Nord de la France, il évoqua un souvenir qui lui semblait douloureux. A l'occasion du défilé des prisonniers à travers la ville, une femme lui avait craché au visage. Il ne s'en était jamais remis. Il était déchaîné. Profitant de la présence de Pierre, il réglait, plus de vingt années plus tard, ce contentieux d'honneur, encouragé et désinhibé par quelques verres de schnaps de trop. Il n'en parla plus jamais. Il avait expurgé des années de haine contenue, à l'occasion de cette salve purgative et nécessaire dont Pierre avait été bien malgré lui, le réceptacle opportun, ce jour-là.

La vie de captif s'était déroulée ainsi, loin des acrimonies supposées que décrivaient avec force ses camarades, ce soir autour du feu, la fin de la guerre leur redonnant une virginité de combattant qu'ils avaient, pour certains, perdue dans les fermes qui les avaient abrités depuis de si longues années dans une bonne ambiance générale, mise à part de rares incidents, tels celui dont s'était souvenu Pierre. Il en gardait paradoxalement de bons souvenirs d'une manière générale n'ayant jamais eu à se plaindre d'un comportement hostile si ce n'est celui du jeune hitlérien Wolfgang dont l'attachement indéfectible aux thèses de son Führer se doublait d'une ardeur hors du commun à les faire vivre. Ce genre de comportement n'arrangeait d'ailleurs pas les populations civiles allemandes qui dans les fermes étaient majoritairement plus préoccupées par la production agricole que par les thèses véhiculées par le nazisme et dont la conséquence immédiate était celle de subir la guerre.

V

Nuremberg, 13 mai 1945

« RETOUR IMMINENT – stop - BONNE SANTE – stop – PIERRE ». Avec un maximum de cinq mots par PG, Pierre ne pouvait pas faire de miracles en terme de communication, ni en matière d'effusion affective. Manon se contenterait de ces quelques informations largement suffisantes pour lui signifier que le calvaire lié à l'absence de Pierre était terminé. Chaque prisonnier était prévenu de son départ au plus tôt la veille pour le lendemain. Les autorités alliées qui contrôlaient le camp, assistées des représentants du Ministère des Prisonniers, Déportés et Rapatriés, signifiaient succinctement aux futurs libérés leur prochain départ et les autorisaient à en avertir l'un des membres de sa famille par un télégramme. Cinq mots pour cinq ans de captivité. Un par année. Quelle issue dérisoire. Dans quelques heures, ces quelques mots prendront un sens tout autre, quand il s'agira pour Pierre de retrouver un pays qui aura certainement changé, marqué par la guerre, l'occupation, la collaboration et la libération.

Tous ces hommes regroupés dans ce centre de transit avaient connu des destins variés. Ils furent libérés selon dans des situations très diverses. Certains se retrouvèrent seuls un matin, leur stalag ou leur kommando ayant été désertés par leurs gardiens, et découvrant dans le village la présence inouïe des Alliés. D'autres durent subir les dernières heures de la résistance allemande qui leur firent traverser des épreuves autrement plus dangereuses que celles qui avaient prévalu durant leur captivité, du fait des combats nourris entre les Américains et les derniers soldats allemands combattant sur leur zone. Des prisonniers périrent, bien involontairement, en cette fin de guerre et malheureusement alors même qu'ils étaient parvenus à traverser cette longue période de guerre. D'autres enfin furent simplement remis par leur sentinelle aux libérateurs, en même temps qu'elle se constituait prisonnière trop heureuse d'en finir enfin avec cette guerre à laquelle elle ne croyait plus depuis bien longtemps. Chacun racontait son périple qui l'avait conduit jusqu'à ce camp. En camion militaire, en voiture réquisitionnée, à pied, le camp de transit en cette mi-mai recevait un flux continu de prisonnier que les autorités avaient grand mal à faire rentrer, confrontées à des lourdes difficultés logistiques. Ce sera près de deux millions de prisonniers qui rentreront en moins de cinq mois et près de la moitié pour le seul mois de mai. Tous ces hommes étaient marqués à jamais par cette expérience singulière, confrontés à la difficile condition de prisonnier, habitués à l'éloignement des leurs, endurcis par une captivité éprouvante et imprégnés de sentiments contradictoires, ceux-ci même qui les avaient fait évoluer des espoirs d'une collaboration à ceux de la résistance.

Des organisations avaient entrepris dès le début de leur captivité, durant l'été 1940, d'assurer les moyens d'une communication et de renseignements relatifs aux prisonniers de guerre. Le Centre National d'Informations sur les Prisonniers de Guerre avait été le premier en mesure d'apporter aux familles le peu de nouvelles dont il disposait. Au ministère de la Défense Nationale, la direction du Service des Prisonniers de Guerre assura l'accueil des rapatriés revenus durant la guerre, et gérait l'envoi de colis. Il y avait également la mission Scapini, orchestrée par le gouvernement de Vichy, soi-disant en charge de l'application de la Convention de Genève et dont Pierre avait estimé très rapidement son rôle suspect et pour le moins arrangeant avec les autorités allemandes. Les PG ne devaient prétendument pas travailler dans des usines liées à l'armement militaire au service du conflit. Pierre avait néanmoins été affecté dans une telle usine et avait donc pu s'apercevoir de la supercherie de ces officines couvertes par Vichy et dont il mesurait aujourd'hui qu'elles participèrent à fossiliser les prisonniers dans leurs conditions et à servir l'effort de guerre qui ne pouvait que prolonger leur captivité. La propagande du gouvernement de Vichy avait été incroyablement efficace aussi bien en France auprès des familles que dans les camps et kommandos auprès des officiers. L'Association des Prisonniers de Guerre, la Légion Française des Combattants, le Mouvement des

Prisonniers étaient autant de relais du régime de Vichy sur le territoire national destinés à convaincre les familles du bien-fondé de la politique de collaboration et de son corollaire, le maintien provisoire des prisonniers en Allemagne. Dans les camps, les Cercles Pétain avaient été très influents et diffusaient la doctrine du supposé double jeu du Maréchal, dont l'efficacité ne devait faire aucun doute. La personnalité du Maréchal fut longtemps mise en avant, déifiée, et Pierre ne l'avait jamais supporté. Une immense majorité de prisonniers étaient ignorant du fait politique, ce qui encouragea longtemps ce culte à Pétain. Durant sa captivité, Pierre fut désigné par les prisonniers et à plusieurs reprises, homme de confiance dans son kommando. C'est à ces occasions qu'il du faire face à des comportements collaborationnistes de quelques uns de ses camarades. En effet, certains pratiquaient avec une insistance imbécile le sacrifice au profit de la politique du Maréchal.

- Dis-moi, toi ! Tu vas m'enlever immédiatement cette photo ! s'exclama Pierre, découvrant, un jour, accroché au dessus du lit d'un de ses camarades de chambrée, le portrait du Maréchal. Tant que je serai Homme de

Confiance, je ne veux pas voir sa bouille ici ! Son camarade eu du mal à s'exécuter tant la thèse officielle était ancrée, chez lui, comme chez de nombreux prisonniers. C'était un cancer qui parvenait à convaincre même ceux qui en étaient les principales victimes ! Ce qui apparut bien pire aux yeux de Pierre, furent les comportements et les agissements des prisonniers qui participaient à collaborer activement avec les Allemands, sans ambiguïté et sans état d'âme et particulièrement dans les usines auxquelles ils étaient régulièrement affectés. Pierre ne cessait de les exhorter à ralentir le travail, organisait des réunions, dès le début de la captivité et encore plus quand les Russes rentrèrent en guerre. « Napoléon n'y est pas arrivé, Hitler n'y parviendra pas non plus, les gars ! Ne faites pas de zèle, ralentissez ! Vous raccourcirez d'autant votre captivité en évitant de donner des armes à nos ennemis qui nous maintiennent capturés ici ! » leur exhortait-il. Et pourtant, combien de fois allait-il constater ces étrangetés de comportements qu'il jugeait traîtres et antipatriotiques. En cette fin de guerre il restait marqué en particulier par une anecdote qu'il avait vécue dans une usine. A l'issue d'une journée de travail, constatant qu'un de ses voisins de chaîne avait produit énormément de pièces, il l'interpella

- Combien as-tu produit de pièces aujourd'hui ?
- 425 ! répondit l'autre victorieusement,
- Mais t'es pas dingue ! Tu vois pas que tu travailles pour les Allemands, les mêmes qui nous maintiennent prisonniers dans ce foutu pays. Tu vas me faire le plaisir d'arrêter cela. T'as qu'à réduire la cadence, comme moi. J'en ai fait 123 quand t'en faisais 425 ! lui objecta Pierre furieusement
- Tu sais, j'suis comptable à Paris. Alors là j'apprends un nouveau métier. J'suis content. Et puis je ne veux pas d'emmerdes. Je veux continuer à recevoir mes colis et me tenir à carreau.

Pierre fut consterné par la réponse, celle-ci comme d'autres qui argumentaient sur la nécessité de travailler pour le IIIe Reich. Cela devint pire, encore, quand les Allemands instituèrent les primes au rendement. Pierre devenait déchaîné de voir certains mordre à l'hameçon par lâcheté et cupidité. Quant à lui, il dû affronter à de nombreuses reprises la fureur des Allemands. Son comportement était aux antipodes de la collaboration. Il accentuait ce refus par réaction aux excès de zèle de certains prisonniers. Pierre trouvait ainsi toujours les arguments qui pouvaient justifier, ou tenter de le faire, auprès des Allemands, le fait de ne pas pouvoir travailler plus et mieux.

C'est ainsi qu'il fut envoyé en kommando près de Nuremberg, confié à une usine d'armement qui fabriquait des enveloppes de torpilles incendiaires. Il s'agissait de grandes enveloppes en tôle qui étaient attachées sous les avions et dans laquelle y étaient placées trente-six torpilles incendiaires au phosphore. Les pilotes de la Luftwäffe ouvraient ces enveloppes, une fois sur l'objectif et y larguaient les torpilles qui faisaient des dégâts considérables.

C'était le début de la captivité, Pierre n'avait toujours pas de nouvelles de Manon. Il avait décidé de ne rien faire, d'autant plus que son travail servait à l'armement ennemi. Le responsable de cette usine qui parlait très bien le français vint le trouver et lui dit :

- Monsieur Sorèteu, pourquoi vous ne voulez pas travailler ?
- Ce n'est pas que je n'ai pas envie de travailler, mais je n'ai pas de nouvelles de ma femme et ce n'est pas mon métier. Je suis

commerçant et je travaillais aux Galeries Lafayettes à Paris.

A cela il s'exclama :

- Mais je connais très bien les Galeries Lafayettes. J'étais représentant de nos articles en France ; nous fabriquions des reproductions de Tour Eiffel en métal, ainsi que des articles de Paris, avant de faire les torpilleurs et j'étais en charge de les vendre en France. Puis, revenant au sujet initial, il l'interrogea. Alors pourquoi ne voulez-vous pas travailler ? C'est facile ce qu'on vous demande d'effectuer.

- Non, je n'ai pas envie et je n'ai pas le moral. Je suis parti à la guerre, ma femme était enceinte et je ne sais pas comment elle va, si je suis père d'une petite fille ou d'un petit garçon !

- Ah. Monsieur Sorèteu, je vais m'occuper de cela !

A l'issue d'une quinzaine de jours, il vint retrouver Pierre dans l'atelier :

- Monsieur Sorèteu, j'ai une bonne nouvelle pour vous ! Vous êtes papa d'un petit garçon et Madame est en très bonne santé. Alors maintenant j'espère que vous allez très bien travailler pour l'Allemagne !

Il avait pris ses renseignements, par la Croix-Rouge. Alors que Pierre se désespérait de ne pas avoir des nouvelles de Manon, cet Allemand lui annonçait la naissance de son fils en plein milieu d'un atelier travaillant pour l'effort de guerre nazi et sans aucune autre forme. Pierre fut extrêmement heureux de la nouvelle. Loin de le convaincre d'une nécessité d'accélérer la cadence, elle l'incita à adopter une attitude encore plus réfractaire. Ainsi par un sabotage systématique du travail qu'il effectuait, il estimait pouvoir freiner l'avancée allemande, ce qui lui aurait permis de revenir plus vite en France, retrouver sa femme et son fils. Le contremaître allemand qui avait pensé que le service rendu à Pierre aurait suffi à activer sa bonne volonté du se rendre à l'évidence, très rapidement. Il n'en était rien. Pierre ne travaillerait pas mieux et plus. Il l'expédia, donc, sous d'autres cieux industriels.

Il fut affecté à une nouvelle usine. Celle-ci recevait le matériel optique que les Allemands avaient saisi aux Russes. Ce matériel était démonté, entretenu et réadressé à l'armée allemande. Les autorités allemandes avaient affecté Pierre au nettoyage de ce matériel. Le temps pour effectuer ce travail n'avait que très peu d'importance. C'est la raison pour laquelle Pierre avait du être attelé à cette tâche. L'éther qui servait à l'exécution de cette besogne fut vite identifié par Pierre comme un moyen subtil de se dégager de cette contrainte à laquelle il ne souhaitait pas plus collaborer. Les Allemands comprirent qu'il s'agissait d'un réfractaire et l'expédièrent pour une ultime tentative dans une grosse usine près de Nuremberg. 125 prisonniers de guerre français et 125 russes y étaient placés. Pierre y travaillait alors douze heures de jour durant une semaine et 12 heures de nuit la semaine qui suivait. Il continuait à inciter tous les PG à travailler au ralenti, en essayant de les convaincre que leur travail servait la guerre et les Allemands. Cette usine équipait en ateliers l'intérieur des camions de l'Africa Corps du Général Rommel. Une nouvelle fois, Pierre adopta un rythme de sénateur, incompatible avec les objectifs de productivité demandés. Très vite informé de son absence d'ardeur, le contremaître allemand le conduisit auprès de la direction :

- Pourquoi ne voulez-vous pas travailler pour la grande Allemagne d'Adolf Hitler ?

Pierre répondit à ce responsable d'un air faussement contrit :

- Mais Monsieur, je fais mon maximum, je suis en train d'apprendre. Dans le civil, je suis dans le commerce ! Je ne peux pas faire mieux !
- Non Monsieur ! Vous êtes communiste !
- Mais je ne suis pas communiste, je ne sais même pas ce que c'est. Je ne fais pas de politique, moi.
- Vos camarades à côté de vous, ils travaillent trois fois plus vite que vous. Vous voyez, vous mettez de la mauvaise volonté. Vous irez en prison si ça continue.

Bien évidemment Pierre finit en prison, où il fut placé au pain sec et à l'eau durant un mois. Il ne s'était jamais departi de cette attitude et son comportement fut constant. Imaginer une seconde pouvoir bénéficier d'un avantage quelconque en adoptant une attitude conciliante lui était insupportable. Il se réjouissait de n'avoir jamais cédé à cette tentation qui lui valait d'attendre son départ la conscience tranquille.

S'il lui avait été donné la possibilité de rajouter quelques mots au texte de ce télégramme adressé à Manon, il aurait probablement écrit ce que certains n'auraient pas été en mesure d'affirmer : « RETOUR IMMINENT CONSCIENCE TRANQUILLE– stop - BONNE SANTE PHYSIQUE ET MORALE– stop – JE T'AIME - PIERRE ».

VI

Nuremberg, 14 mai 1945, 8h00

Les prisonniers se pressaient sur les quais de la gare de Nuremberg. Chacun était conduit vers les wagons. Pierre tenait son sac par dessus l'épaule. Le poids de ce lourd paquetage lui cisaillait la main. Une ambiance particulière semblait habiter cette gare. Tous ces hommes s'observaient, s'épiaient. Ils cherchaient à déterminer dans un regard, une attitude, un empressement, l'histoire qui les avait fait se retrouver ici à ce moment précis.

Il y avait les volontaires du STO. Ils étaient faciles à repérer. On les flanquait immédiatement dans les wagons à bestiaux. Cela en disait déjà long sur ce que serait leur accueil en France dès leur retour. Il y avait les prisonniers de guerre, comme lui. Ceux de la génération de Pierre étaient parfois de solides gaillards. Cinq années de sport intensif dans les forêts de Bavière ou dans les fermes avaient eu tôt fait de les transformer en d'élégants athlètes. Et cela était parfaitement visible. Ceux qui avaient été dans les usines ou qui était longuement restés inactifs dans les stalags, et surtout les oflags, ne bénéficiaient pas de cet heureux effet et cela se distinguait aussi.

Il y avait aussi quelques malheureux déportés qui déambulaient dans cette inextricable désorganisation, portant les stigmates des horreurs subies dans les camps. Aucune difficulté pour les reconnaître. Curieusement, c'était leur regard qui frappa le plus Pierre. « Leur déchéance physique, ils sauront la soigner », se dit-il « l'anéantissement moral certainement pas ». Leurs yeux hagards étaient enfouis dans leurs orbites, comme si, à force de voir l'intolérable, ils s'étaient peu à peu enfoncés dans leurs visages, afin de prendre la distance nécessaire à supporter toutes ces horreurs. Les rumeurs de découverte par les Alliés des camps d'extermination lui étaient parvenues, à lui comme à ses camarades, depuis quelques semaines. Aucune représentation ne lui avait permis jusqu'alors d'imaginer ce qui lui avait été décrit. Dans cette gare, il pu en mesurer, enfin, l'ampleur et l'intensité, en observant ces fantômes revenus de l'enfer et qui traînaient la désespérance de l'Homme en même temps que sa barbarie poussée au paroxysme. Il s'arrêta sur l'un d'entre eux, recroquevillé au pied d'un pilier. Il en fut pétrifié et s'attarda longuement sans véritablement réaliser le temps qui s'écoulait. Il en oublia même la douleur de cette ficelle qui lui sciait péniblement la main. Plongé dans l'effroi, il crut déceler derrière les quelques traces d'expression laissées dans les sillons de la souffrance de ce visage, l'émergence d'un regard passé, qui lui semblait connu et qui le fixait également. Figé sur le quai, interloqué autant qu'effrayé, il réalisa qu'il n'en était rien. Il avait en fait reconnu la souffrance, cette compagne familière qui l'avait accompagnée depuis plus de cinq années. Les traits de ce visage cadavérique lui évoquaient la désolation. Ce revenant portait l'ultime calvaire, la pénitence absolue, l'enfer révélé.

A en croire tout ce qui se disait, comment avait-on pu ignorer la situation de ces camps de concentration et d'extermination, alors même qu'il apparaissait clairement qu'ils avaient été nombreux et très actifs. Depuis le début de l'année 1945, leur triste nom avait été révélé au fur à mesure que les Alliés parvenaient à leur porte pour découvrir l'indescriptible horreur. A travers ces révélations, Bergen-Belsen, Dachau, Buchenwald allaient voir transformer leur existence de petite ville tranquille de Bavière en d'inoubliables références à ce que l'être humain avait accompli de pire. Les découvertes de ce qui s'y était produit dépassaient l'entendement à telle enseigne que les Américains organisaient des visites obligatoires pour les civils allemands, afin qu'ils puissent témoigner et ne jamais oublier Pour répondre au scepticisme grandissant de ses troupes, Eisenhower les avait bousculées en leur déclarant que si elles ne savaient pas jusqu'à présent pourquoi elles se battaient, elles savaient maintenant contre qui ! Cette déclaration avait fortement interpellé les soldats américains qui s'en faisaient l'écho auprès des P.G. Les témoignages des différentes divisions qui avaient participé à la découverte de ces camps, achevaient de leur redonner la vitalité de combattre et d'en terminer avec ce régime. Les rumeurs et les informations sur les conditions effroyables de vie et de mort au sein de ces camps se répandaient comme des traînées de poudre et peu de soldats n'osaient contester désormais ni l'objectif, ni la raison de son engagement dans le règlement de ce conflit. Informés de ces horreurs, leur comportement s'était durci et les civils allemands devaient souvent faire appel aux prisonniers de guerre français pour les défendre, avec lesquels, en dépit de la captivité, s'était créée une réelle proximité. Et les prisonniers de guerre le faisaient bien volontiers, n'ayant eu à déplorer que de très rares agissements hostiles de la part de leurs geôliers durant leur propre captivité.

Pierre observait avec insistance les traits décharnés de cet homme. Il avait réussi à délaisser son pantalon rayé de captif au profit d'un autre bien trop large pour lui. Il portait encore la veste sale et élimée de bagnard probablement allouée dès son arrivée en camp. Ainsi à moitié libéré de sa condition de déporté, sa tenue vestimentaire témoignait de cette situation de stigmatisé qui ne le quitterait plus désormais, partagé entre le cauchemar et l'espérance qui auront à jamais marqué sa vie.

- Vous avez du mal à le croire ! Et pourtant c'est bien la réalité que vous observez Monsieur, lui jeta-t-il brusquement.

Pierre était dans l'incapacité de répondre quoi que ce soit et de longues secondes de silence s'ensuivirent sans qu'il ne s'en aperçoive véritablement.

- Je faisais parti du camp de Flossenburg à l'Est de Nuremberg. Nous avons été libérés par la IIIe armée américaine, il y a trois semaines. poursuivit-il. Je n'ai pas pu rentrer avant, je ne pouvais plus marcher. J'étais couché sur une paillasse depuis plus de deux mois quand on m'a découvert, perclus de douleurs, couvert de poux et atteint par le typhus. Il s'en est fallu de peu pour que je rejoigne mes camarades. La mort m'a épargné, pas la vie !

- Il y avait un camp à Flossenburg ? interrogea Pierre surpris. Je suis étonné d'apprendre qu'à quelques kilomètres de mon dernier kommando pouvait exister un tel lieu. On n'en a jamais entendu parler, ni par les civils ni par les soldats d'ailleurs.

- Et quel camp Monsieur ! Voyez-vous on y pratiquait l'extermination. On n'était plus guère nombreux quand ils nous ont trouvés. D'ailleurs on était pratiquement tous malades.

C'était un sacré foutoir ! On nous a soignés avec de la poudre D.D.T. Nous avons été aspergés comme vous ne pouvez pas l'imaginer. On en a bouffé de la D.T.T., mais cela a été efficace. Les malades trop invalides, comme moi, ont été soignés sur place. On a du un peu attendre avant de rentrer. Je ne m'en suis pas mal sorti, puisque je suis là à vous parler. Il y a des camarades qui n'ont vraiment pas eu de chance, eux. Ils avaient réussi à résister à ces années d'horreur et ils sont morts d'avoir trop mangé d'un coup à la libération du camp. C'est incroyable. Ah ! Monsieur, croyez-moi, on ne pourra jamais décrire ce que nous avons vécu, là-bas.

Alors qu'il venait d'évoquer ses brefs et plus vifs souvenirs de camp, en y associant un air faussement détaché, ses yeux s'humidifièrent et une crispation pétrifia son visage, comme si une douleur insoutenable parcourait son être. Il s'immobilisa un long moment. Puis un long souffle s'évacua, comme si c'était le dernier. Il était encore vivant, un sourire éclaira son visage. Il lui faudra désormais se réhabituer à penser qu'il est en droit de vivre et qu'il le peut.

Pierre s'éloigna après avoir salué son interlocuteur inattendu. Les coïncidences de la guerre avaient permis cette rencontre. Leurs parcours singuliers et différents s'étaient croisés un beau matin de mai dans cette gare de Nuremberg. Chacun allait rejoindre sa famille, en empruntant le même train de retour. Ils allaient tous les deux devoir reconstruire. Pierre décida qu'il fallait faire confiance en l'avenir à défaut du passé. « Cet homme y parviendra-t-il, quant à lui ? » s'interrogea-t-il. Il se dirigea vers le quai où l'attendait son train.

VII

Nuremberg, 14 mai 1945, 9h00

Le train s'ébranla enfin, charriant un nouveau flux de PG, de STO et de déportés, réunis dans une même ferveur du retour, chacun ramenant les souvenirs d'un passé avec lequel il lui faudra désormais cohabiter à jamais. Tous avaient été transportés par les chemins de fer, cinq années auparavant, mais dans des conditions bien différentes. Ces wagons étaient devenus ceux de l'espoir après avoir été ceux de l'enfer. Les PG, comme Pierre, avaient été capturés pour la plupart en juin 1940 et avaient été conduits vers les différents stalags dans des wagons à bestiaux et dans des conditions d'hygiène atroces. Ils avaient survécu plusieurs jours d'horreur regroupés à plus de cinquante dans ces espaces confinés et surchauffés par un début d'été continental étouffant. Le destin voulait que ces mêmes locomotives tractaient désormais et en sens inverses des wagons de voyageurs et quelques wagons à bestiaux, pour reconduire tous ces Français qui avaient survécu et qui revenaient au pays en ce mois de mai 1945.

Cette guerre n'avait duré que quelques mois pour ces militaires très vite transformés en Prisonniers de Guerre. Ce furent les mois de cet hiver rigoureux de 1940 durant lesquels les soldats français étaient cantonnés sur la ligne Maginot. Ils avaient attendu sans vraiment comprendre l'inactivité dans laquelle ils se trouvaient. Cette attente minait le moral des troupes qui ne saisissaient pas cette stratégie d'immobilité. Elle était pourtant érigée en principe de guerre par des généraux, certains de ce dogme de la fossilisation et qui basaient une grande partie de leur stratégie de victoire sur l'invincibilité de leur théorie. Le doute s'installait dans l'esprit des soldats. Ils voyaient s'écrouler la Pologne sous la botte nazie, impuissants, puisqu'ils n'étaient question pour eux que de participer à un épisode de défense à tout prix sur la ligne Maginot, réputée infranchissable. Certes, le quotidien militaire était animé par quelques intrusions courageuses de groupes francs qui pénétraient en zone ennemie et venaient rappeler épisodiquement aux Allemands que les Français ne s'étaient pas assoupis dans leurs casemates. Mais à part ces brefs intermèdes belliqueux, l'ennui s'installait irrémédiablement et l'humeur s'en ressentait. Le désoeuvrement renforçait le sentiment d'inutilité que les officiers tâchaient de masquer en faisant effectuer aux soldats des travaux tout aussi inutiles que démoralisant.

Pierre, quant à lui, avait été affecté au ravitaillement d'un secteur de la ligne Maginot, située à Bitche. Dès le début de cette désignation, il avait été chargé de trouver des locaux pour loger les officiers en même temps que permettre le stockage des vivres et du matériel à l'arrière de la ligne. Il avait réquisitionné un véhicule civil et s'était mis en recherche d'un lieu. Très rapidement il avait trouvé un hameau déserté par ses habitants, comprenant deux corps de ferme et un étang qui convint parfaitement. Sa tâche revêtait une utilité certaine et Pierre se trouvait singulièrement plus actif que la plupart de ses camarades enfermés et oisifs dans les ouvrages de la ligne Maginot.

L'hiver 1940 fut l'un des plus rigoureux que Pierre avait connu. Les aléas climatiques venaient rajouter à la souffrance morale de son éloignement, des tourments physiques. Pierre, comme de nombreux soldats, était gagné par le doute largement alimenté par les partisans du refus de la guerre. Ils étaient nombreux à s'être convaincus de l'inutilité de cette situation. La propagande des communistes se répandait tout autant dans l'industrie travaillant pour l'effort de guerre que parmi ces militaires mobilisés dans l'inaction et dans l'attente. L'oisiveté étant la mère de tous les vices, l'adage populaire trouvait en ces circonstances une renaissance bien aventureuse pour garantir la mobilisation des troupes en cas de conflit. Lucien, comme nombre de ses camarades, se heurtait régulièrement à Pierre dans les longues discussions qui occupaient leur inactivité:

- C'est une guerre de capitalistes. Elle ne sert à rien, d'ailleurs tu vois bien, Pierre, qu'il ne se passe rien. On est instrumentalisé par les Anglais qui nous ont entraînés dans cette aventure pour défendre les vestiges d'un impérialisme qui avilie les peuples du monde au profit de quelques nantis ! s'insurgeait-il devant Pierre pour tenter de le convaincre de la justesse de son combat.

- Comment peux-tu accepter qu'à la porte de notre pays, le danger du fascisme ne soit pas endigué et que nos dirigeants ne protègent pas notre peuple des risques d'une extension du conflit sur notre territoire ? Tu es un idéologue Lucien ! Ton aveuglement à défendre les thèses du communisme te pousse à accepter l'inacceptable. Comment peux-tu cautionner le cynisme des Soviétiques qui ont scellé leur destin avec celui du IIIe Reich, ce qui nous vaut d'être aujourd'hui éloignés de nos femmes et de nos enfants ?

- Ce que tu ne vois pas c'est que la révolution est en marche mon p'tit Pierre. Plus rien n'arrêtera le destin des peuples de se libérer du joug des grands argentiers !

Pierre interrompit brusquement Lucien, pris par un accès de colère que cette rhétorique dogmatique exaspérait :

- Et c'est pour cela que ton Maurice Thorez s'est fait la malle à Moscou ! Pour défendre les pauvres travailleurs asservis dans le monde entier ? Il a bonne mine pour donner des conseils aux Français qui ont été bercés d'illusions pendant tant d'années par les dirigeants communistes qui ont tout fait pour stopper les efforts d'armement sous couvert d'un discours lénifiant sur la paix. Voilà où on en est aujourd'hui mon pauv' Lucien. Et pour la plus grande honte de notre peuple, vos dirigeants appellent les ouvriers de l'industrie française à participer au sabotage des matériels de guerre construit dans les usines, chez Renault, chez Farman !

- Tu ne comprends pas Pierre. C'est la seule solution pour retarder la guerre. Et d'ailleurs, tu sais bien que ces consignes gênent nos politiques inféodés aux banquiers de Londres puisqu'ils ont interdit le parti communiste, arrêté des dizaines de députés de notre parti qui sont emprisonnés à la Santé et ce salaud de ministre de l'intérieur, Sarrault, a même fait saisir les plombs de l'Huma ! Pourquoi à ton avis tant d'acharnement, si ce n'est qu'ils savent que nous risquons de convaincre la majorité des Français de l'inutilité de cette guerre qui n'est qu'un dernier sursaut capitaliste avant la libération prolétaire ? Les frères Rambaud et Maurice Lebeau sont des héros. Leur exécution au fort de Hâ à Bordeaux sera comprise dans quelques années comme un assassinat politique. Le sabotage que ces camarades ont réalisé aux usines Farman apparaîtra héroïque, à terme.

- Ton entêtement est hallucinant Lucien ! Votre appareil politique est soumis à la discipline de Moscou qui vous pousse aux pires extrémités et qui vous pousse à faire n'importe quoi. Tes soi-disant héros ont saboté du matériel d'aviation chez Farman et des pilotes de l'armée de l'air se sont tués à cause de cela. Et tu crois que cela revêt un caractère héroïque ! Je n'ai pas la même conception de l'honneur, moi !

- On ne fait pas d'omelette sans casser des œufs et notre combat sera victorieux, crois-moi !

Pierre ne répondit pas. Il préféra cesser toute discussion dont il connaissait par avance l'issue et les argumentaires qu'il n'avait que trop souvent entendus. Mais la grande masse des « camarades », disciplinée et silencieuse, ne comprenait pas néanmoins cette attitude qui consistait à défendre l'indéfendable. Les discussions avaient été animées avant la guerre dans les sections du parti communiste. Le komintern avait fait son œuvre partout. Des milliers de femmes et d'hommes étaient devenus les agents de l'impérialisme soviétique. Cette longue imprégnation des peuples par capillarité avait certainement beaucoup joué dans l'affaiblissement des forces qui auraient pu s'opposer à la montée du péril, et en particulier en France. Mais cette stratégie de front populaire, inspirée par Moscou, avait séduit sans convaincre tous ces hommes. Ils y avaient vu un salut social en écartant d'un revers de main tous les arguments de prudence que quelques caciques ne parvinrent pas à faire passer majoritairement dans l'opinion publique. Ainsi sur le front de l'est de la France le désœuvrement des soldats venait redonner vigueur à ces rêves de paix sur la base d'un renoncement, soumis lui-même à la dictature du prolétariat. Cela ne durerait qu'un temps, les dernières illusions de cette discipline soviétique tomberaient sous le feu des Stukas qui rappelleraient au bon sens, grand nombre de soldats enfin conscients de l'ineptie des thèses accréditants les bienfaits du pacte germano-soviétique qui devait garantir la paix aux peuples et en particulier en France. Les faits s'imposeraient donc d'eux-mêmes en même temps que s'écroulerait cette idéologie de la paix à tout prix.

Les doctrinaires avaient eu de beaux jours et de sacrées responsabilités dans l'effondrement de juin 1940, pensait Pierre, alors que les premiers paysages de Bavière défilaient devant lui dans ce train qui le reconduisait à la maison. Tous les discours qu'il avait entendus depuis 1934 s'étaient nourris de la radicalisation des positions politiques de chacun. Une droite qui, à force de ne pas savoir où se situait le véritable danger entre Moscou et Berlin, ne prenait plus aucune option, si ce n'est celle de l'hésitation et de l'attente. Une gauche qui, dans l'incapacité de s'unir, stigmatisait l'allié britannique suspect de vouloir s'aliéner les faveurs de Hitler pour mieux résister au risque soviétique. La déchéance dans laquelle se trouvait la sphère politique était doublée de la décadence militaire. La stratégie défensive, inspirée par un quarteron de généraux vieillissant et goûtant jusqu'à la lie la suffisance que leur avait conférée leurs belles victoires passées, allait gravement fragiliser la campagne de France en ce début d'été 1940. Ce double renoncement entre politiques et militaires avait été ressenti par les soldats qui avaient été mobilisés, dès l'invasion de la Pologne en septembre 1939. Ce fut le cas de Pierre. Mais lui, comme ses camarades, ne se serait pas risqué à une seule discussion sur le sujet dans ces années d'avant-guerre, tant la doctrine militaire était érigée en dogme sanctifié chaque jour par des politiques incompétents et dépassés par les événements. Certes, il y avait eu Paul Reynaud, inspiré par un certain de Gaulle. Ils avaient tenté de convaincre de la nécessité d'apporter à l'armée française et à son « bouclier de l'Est » un renforcement quant à sa capacité d'intervention, en particulier en la dotant de régiments de chars. Ces engins auraient été de la plus grande utilité quand l'invasion de la France par les Ardennes démontra les errances de cette stratégie militaire de défense à tous crins. Prétendument infranchissables et gardées par des maisons fortes, ce dispositif fut dans l'incapacité de faire face à l'inéluctable avancée allemande. Pierre s'était ainsi convaincu que le baratin des politiques se heurtait fatalement à la réalité et les peuples subissaient comme châtiment de leur crédulité, les souffrances des guerres qui en résultaient.

Les premiers jours du printemps remettaient du baume au cœur des soldats qui voyaient s'enfuir les épreuves et les intempéries de l'hiver. Il ne se passait toujours rien depuis plus de cinq mois date à laquelle les Polonais avaient capitulé sous la force de l'étau germano-soviétique. Les soldats français avaient été mobilisés pour respecter les termes d'un pacte d'assistance avec la Pologne. Pierre, comme tous ses camarades, s'étonnait d'observer qu'aucune forme de combat n'était envisagée pour répondre à cet engagement. La Pologne avait été dépecée sans qu'aucune intervention militaire ne soit déclenchée du côté des Français. A quoi donc servait cette guerre ? Les paysans mobilisés se désespéraient, leur amertume grandissant en même temps que les beaux jours se réinstallaient, se convaincant qu'ils auraient été plus utiles dans leurs exploitations désertées par cette mobilisation stérile. « Et pourquoi n'avait-on pas attaqué la ligne Siegfried dès l'invasion de la Pologne ? » s'interrogeait Pierre « Les Allemands auraient eu grand mal à soutenir deux fronts simultanés », d'autant plus que les corps francs qui revenaient d'expédition en territoire ennemi faisaient état d'une très faible mobilisation dans cette zone. L'inactivité et les mois qui s'écoulaient, sédimentaient les doutes, les interrogations et le découragement de nombreux soldats. Fallait-il mourir pour

Dantzig ? S'interrogeait-on avant le 1er septembre 39, date à laquelle les Allemands décidèrent de prendre possession de ce corridor afin de rallier la Prusse Orientale et déclenchèrent les hostilités de cette guerre. « Faut-il désormais mourir d'ennui pour rien ? », était désormais la question qui hantait les soldats. Les Allemands rajoutaient à cette démoralisation en larguant des tracts qui contribuaient à faire s'interroger les soldats sur le sens de cette guerre. Ainsi en ce début mars, Pierre pu lire cette prose, qui achevait le moral des troupes, avant-garde psychologique de l'ennemi qui s'apprêtait à déclencher les hostilités. Ces tracts posaient clairement la question de savoir si cette guerre contre l'Allemagne servait véritablement les intérêts du peuple français et s'achevaient en apothéose par la question :

Est-ce que votre gouvernement fut bien conseillé, lorsque, le 3 septembre 1939, il déclara la guerre au Reich ?

« Est-ce que notre gouvernement fut bien conseillé quand il se félicita des accords de Munich, laissant le champ libre à l'inexorable ascension d'Hitler ? » s'interrogeait Pierre, au moment même où il fut interrompu dans sa réflexion par les crissements stridents et infernaux de son train qui entrait en gare de Stuttgart.

VIII

Gare de Stuttgart, 14 mai 1945, 11h00

Les quais de la gare étaient bondés. L'agitation et le désordre y régnaient. Quelques soldats américains essayaient de réguler le flux des Français qui tentaient d'accéder le plus rapidement possible à un train de retour. Pierre ouvrit la fenêtre et savoura ce moment. L'été frappait à la porte des derniers jours du printemps, une douce chaleur et une luminosité irisée envahissaient la gare, une vaste verrière nuançant l'intensité de l'une et la puissance de l'autre. L'excitation était perceptible. Les visages de tous ces prisonniers témoignaient autant de leur soulagement d'en avoir fini que de leur inquiétude de voir cette situation changer brusquement. Il était temps de rentrer et vite. Dès lors, chacun se pressait, convaincu que plus rapidement il serait dans un train, moins le risque d'un retournement de situation serait fort. Soudainement, le regard de Pierre fut saisi par une scène qui se déroulait dans un bureau de la gare, attenant aux quais et dont les vitrages à petits carreaux offraient aux curieux le film muet d'une situation devenue encore impensable, il y a quelques semaines. Trois officiers allemands y étaient détenus prisonniers, sous la vigilante garde d'un soldat américain, certainement en attente de leur prochaine évacuation. « Et dire qu'il y a moins d'un an, j'étais l'acteur de cette scène en lieu et place de ces officiers ! » se remémora Pierre. Quel étrange sentiment que celui de goûter au plaisir de la liberté, exaltée par cette situation inversée qui voyait les geôliers devenus les prisonniers. Les arrestations avaient été des moments douloureux pour Pierre, l'impuissance et l'incapacité de fuir ayant été ressenties comme des blessures morales qui avaient du mal à cicatriser. Ce fut le cas, bien sûr, de la plus profonde d'entre elle, celle qui avait mis fin à la drôle de guerre quand en juin

1940, désarmé et traqué comme une bête, Pierre avait été fait prisonnier dans les Vosges.

Le 10 mai 1940, les Allemands avaient déclenché le plan jaune. Se gardant bien d'attaquer la ligne Maginot et renforçant en cela le dogme défensif de l'armée française, ils avaient envahi la Hollande, la Belgique et le Luxembourg. Au fur et à mesure que les nouvelles de l'avancée allemande parvenaient à Pierre, il comprit très vite à l'instar de tous ses camarades ébahis et incapables de lutter véritablement, que l'offensive qui était menée serait la bonne. Les nouvelles relatées par les journaux tentaient de glorifier les exploits défensifs des Ardennes. Les généraux allaient même jusqu'à dire que ce secteur n'était pas dangereux. Mais les victoires allemandes étaient quotidiennes et la carte d'état major se grisait inéluctablement des secteurs pris en mains par l'incroyable résolution de l'ennemi, servi par une discipline et un équipement militaire qui le rendaient invincible. Néanmoins, Pierre voyait chaque jour arriver de nouveaux contingents destinés à renforcer les capacités défensives sur la ligne Maginot. Le credo « Ils ne passeront pas » était récité quotidiennement aux soldats dans une foi dérisoire qui se heurtait au bon sens le plus élémentaire. Pierre se rendait compte, chaque jour que cette théorie devenue ridicule se heurtait à la réalité. Et pourtant, depuis de longs mois, l'Etat Major français était informé des plans d'invasion par la Belgique. Cette information étayée régulièrement par le décodage des messages interceptés aux Allemands était connue. C'était un secret de polichinelle. Mais les Ardennes, réputées infranchissables, figeaient les officiers Français dans leurs convictions. Les ordres qui en découlaient étaient naturellement dans cette lignée idéologique.

En ce mois de mai 1940, les soldats français de la VIIe armée, sous le commandement du Colonel Giraud, combattaient héroïquement en Belgique. Sept divisions étaient engagées dans cette percée et servaient d'alibi pour vanter auprès des militaires stationnés sur la ligne Maginot, les vertus offensives de l'armée française. Cette pénétration connue sous le nom du « plan Dyle » faisait courir le risque incroyable d'abandonner des positions défensives sur la frontière belge afin de diriger les soldats français vers Anvers et les bouches de l'Escaut, pour venir en aide aux Hollandais. Etonnamment les Français subissaient très peu de bombardements de la Luftwaffe, ce qui facilitait leur avancée mais à la fois leur isolement. Enfermé dans une poche à Breda, Giraud fut contraint de faire marche arrière. Dans le même temps, plus au sud, l'avancée allemande était telle que seulement deux jours après le déclenchement des hostilités leurs 1e et 10e divisions blindées, sous le commandement de Gudérian, franchissaient la Meuse de Namur à Sedan. Ils étaient désormais sur le territoire français.

Les soldats cantonnés sur la ligne Maginot suivaient, jour après jour, avec angoisse, fébrilité et incompréhension ce vaste mouvement circulaire qui semblait les éviter délibérément et même leur tourner le dos. Les spéculations allaient bon train. La maigre presse qui leur arrivait était décortiquée et commentée abondamment. En même temps commençaient à se déliter les positions de ceux qui professaient, encore peu de temps auparavant, les théories d'une conduite politique et militaire génératrices toutes deux d'une tranquillité supposée assurée. Ils vivaient ces derniers jours de fausse liberté, en tentant de s'expliquer ce qui pouvait encore l'être, enchâssés dans les méandres d'une presse souvent censurée et dans les mensonges d'un état-major qui ne parvenaient plus à masquer la réalité du désastre vécu effectivement par le Français.

- Tu crois qu'on va s'en sortir, Pierre ? Nous avons été lâchés par les Rosbifs à Dunkerque, la pression des Allemands est terrible. On les annonce à quelques kilomètres d'ici. Nous ne cessons de reculer. Combien de temps cela va-t-il durer ?
- Je ne sais pas mon vieux. Ils ont eu beau faire revenir Pétain et Weygand, je suis comme toi, je ne vois pas d'évolution. Et d'ailleurs je ne sais pas comment on a pu imaginer que la simple présence de ces deux zigotos allait pouvoir changer ce que des années d'incurie n'ont pas su faire bouger.
- Ah ! Mais tout de même ! Pétain c'est le grand homme de la dernière guerre.
- Oui certes, de la dernière. Mais de celle-là j'en doute. Sa qualité d'homme providentiel ne va pas nous permettre d'être correctement équipés, habillés, armés. Non, mais tu nous as vus avec nos bandes molletières et nos paquetages de plus de vingt kilos ! Et puis tu ne sens pas le défaitisme des troupes entretenu par nos camarades depuis des années ? Le chant des sirènes sur la paix a miné le moral des

Français. C'est un peuple majoritairement résigné et bercé d'illusions. Les Allemands le savent bien !

- Mais on va se battre, Pierre ! On ne va pas se laisser faire !
- Certainement, je ne dis pas le contraire. Mais réfléchis un peu. Le 10 mai, ils envahissent la Belgique et un mois, jour pour jour plus tard, Paris est à la limite d'être envahie. J'ai appris par une lettre de ma femme que tout était vide, les Parisiens sont pratiquement tous partis. Il paraît qu'ils ont même installé des madriers et des chicanes sur les principaux axes de la capitale, craignant certainement que les boches viennent poser leurs avions dessus. Ils brûlent même les archives et des documents dans les ministères. Alors tu te doutes bien que les propos rassurants qui nous sont chantés à longueur de journée finissent par n'être crus, à la limite, que par ceux qui les diffusent.
- Oui, je sais, dit-il résigné.
- Et, tu te rends compte, le gouvernement a même organisé une messe d'action de grâce à laquelle assistaient tous les ministres, la clique des athées et des Francs-maçons en première ligne. C'est dire qu'ils ne croient plus à grand-

chose pour en être arrivés à cette dernière extrémité !

C'était ainsi. Les dernières heures achevaient d'éteindre les dernières lueurs d'espoir. Les exploits militaires allemands étaient autant de coup de butoir dans un monument d'espérance entretenue et qui ne tenait plus que par deux ficelles grossières, celle de la presse censurée et de l'obéissance militaire. Les évènements s'étaient en effet bousculés depuis ce 10 mai 1940, date à laquelle les hostilités avaient été déclenchées. Gamelin avait été évincé au profit de Weygand. Mais rien n'avait véritablement changé. L'étau se resserrait peu à peu sur des Français coincés au Nord par l'offensive du groupe d'armée, sous le commandement de Von Bock, prenant irrémédiablement pied en Hollande et en Belgique, et au Sud celle d'un autre groupe d'armée, sous le commandement de Von Rundstedt. L'encerclement des armées alliées par la Somme réduisait comme peau de chagrin les territoires restant sous leur contrôle. Cette inévitable avancée allemande avait conduit à isoler les Britanniques et les Français sur Dunkerque, réduit duquel une opération nommée Dynamo avait permis l'évacuation de la quasi-totalité des Anglais et de quelques milliers de Français vers l'Angleterre.

La reddition de Léopold III, roi des Belges, la prise de Dunkerque après que les Anglais se soient éloignés de la zone de combat, les nouvelles fragmentaires qui parvenaient aux soldats par le biais d'informations glanées auprès des leurs par courrier, traduisaient cette défaite. Elle s'annonçait tristement mais inéluctablement. Loin de se désintéresser de la ligne Maginot, le coup de grâce fut porté, dès les premiers jours de juin. Les soldats y stationnant virent déferler sur eux et à revers l'ennemi longtemps attendu de face. La débâcle s'ensuivit.

Face à cette déferlante ennemie, Pierre dû quitter la ferme qui abritait les réserves et dont il avait la charge. A bord d'un camion de ravitaillement, il s'échappa jusqu'à Saint Dié. Les Allemands attaquaient par le Nord, les soldats étaient contraints de reculer, étant dès lors contournés. Sur le canal de la Marne au Rhin, de violents bombardements eurent lieu. De nombreux camarades de Pierre perdirent la vie tragiquement ce jour-là. Pierre ne parvint pas à dépasser les Vosges. Lui et ses camarades furent très vite encerclés et incapables de fuir.

Les officiers Français firent brûler une grande partie des effets ainsi que l'argent de leurs soldats dans la forêt de Saint-Dié, estimant qu'ils allaient se faire prendre, inexorablement. Dès lors, ce fut la débandade. Pierre se retrouva tout seul, sans officier. Il entreprit de trouver des vêtements civils en compagnie d'un autre camarade d'infortune. Parvenus au centre de la ville, ils rencontrèrent deux femmes qui les interrogèrent :

- Où sont les Allemands ?
- Non loin d'ici. Ils vont déferler sur la ville dans moins d'une journée. On cherche des habits civils. Savez-vous où l'on pourrait s'en procurer ?

Les deux femmes se regardèrent rapidement. Enthousiastes, elles leurs répondirent :

- Vous avez l'air sympathiques. Nous disposons des clefs du restaurant de nos patrons ainsi que de leur appartement. Ils sont partis au premier coup de clairon ! Vous pourriez vous y laver, y trouver probablement des habits, et coucher-là.

Ainsi Pierre et son compagnon couchèrent à Saint-Dié en cette dernière nuit de liberté, et goûtèrent le confort d'un couchage et d'un lit qu'ils ne seraient pas prêts de retrouver d'ici longtemps. Le savaient-ils ? Ils en profitèrent, épuisés par la terrible traque des Allemands et résignés. Le lendemain les Allemands occupaient la ville. Il ne leur était plus possible d'aller plus loin.

Pierre fut immédiatement arrêté. Il se retrouva étrangement seul sans personne de sa compagnie. C'était la traduction du désordre absolu qui régnait en cette période de guerre, chaos qui voyait un soldat français, seul au milieu des Vosges, fait prisonnier par une armée disciplinée et provisoirement victorieuse. Il avait juste eu le temps de récupérer une veste chaude en peau de mouton et fut embarqué par les Allemands.

Il ne disposait pas de ses affaires. Elles étaient restées dans un autre camion disparu durant la débâcle. C'est à la faveur de cet événement que Pierre égara son livret matricule. Il fut très inquiet des conséquences de cette perte. Il pensait, qu'une fois retrouvé, on en déduirait probablement qu'il avait disparu et que sa famille serait indûment informée de sa mort. Seul et perdu au milieu de cette guerre, une nostalgie amère l'envahit subitement. Fait prisonnier avec de nombreux soldats français, ils partirent à pieds, encadrés par les Allemands, de camps en camps jusqu'à Strasbourg, dernière étape avant de franchir le Rhin. Stationnés dans une caserne à Strasbourg, dans l'attente de leur évacuation sur l'Allemagne, ils furent plutôt bien traités. Il y retrouva étonnamment une chienne berger allemand qu'il avait recueillie à Bitche. Au moment de l'évacuation des civils, les propriétaires de cette chienne qui tenaient une buvette épicerie dans laquelle les militaires s'approvisionnaient, la lui avaient confiée. Elle l'avait suivi durant toute la période de guerre. Au moment de sa capture, les Allemands l'avaient saisie. Elle se trouvait désormais asservie au IIIe Reich, tenue fermement en laisse. Décidément rien, ni quiconque, ne leur résistaient.

Les Allemands indiquèrent à Pierre que cette captivité ne durerait pas. Il s'agissait de quelques jours qui permettraient de signer l'armistice et tous le prisonniers seraient renvoyés chez eux. Les soldats étaient confiants quant à cette issue favorable. Les autorités pouvaient-elle faire autrement que de stopper les combats devenus totalement inutiles, et convenir dès lors d'une armistice ? Tous en étaient convaincus en même temps qu'ils espéraient ainsi revenir rapidement dans leurs foyers. C'est tout naturellement qu'ils reçurent avec résignation le message du Maréchal Pétain, le 17 juin 1940, message auquel les Allemands firent un écho important dans les camps. Terrassés sur le plan militaire, laminés sur le plan politique, ruinés et appauvris, anéantis par un fatalisme rampant et destructeur, convaincus de leurs défaites, éloignés des leurs depuis près d'un an, les soldats ainsi que les Français dans leur grande majorité intégrèrent cet appel comme une évidente conséquence et une situation fatale contre laquelle il ne servirait à rien de lutter. Ce fut le message d'une France écroulée et à terre, celle-là même qui, à plusieurs reprises, dans son histoire s'était tristement effondrée. Ces mots traduisaient inévitablement l'état d'esprit et les comportements des Français, à ce moment là, qui s'étaient résignés à n'être que des valets, des soumis et des vaincus :

« Français, à l'appel de Monsieur le Président de la République, j'assume à partir d'aujourd'hui la direction du gouvernement de la France. Sûr de l'affection de notre admirable armée qui lutte avec un héroïsme digne de ses longues traditions militaires contre un ennemi supérieur en nombre et en armes ; sûr que par sa magnifique résistance, elle a rempli ses devoirs vis-à-vis de nos alliés, sûr de l'appui des anciens combattants que j'ai eu la fierté de commander, je fais don de ma personne à la France pour atténuer son malheur.

« En ces heures douloureuses, je pense aux malheureux réfugiés, qui dans un dénuement extrême, sillonnent nos routes. Je leur exprime ma compassion et ma sollicitude. C'est le cœur serré que je vous dis aujourd'hui qu'il faut cesser le combat. Je me suis adressé cette nuit à l'adversaire pour lui demander s'il est prêt à rechercher avec nous, entre soldats, après la lutte et dans l'honneur, les moyens de mettre un terme aux hostilités.

« Que tous les Français se groupent autour du gouvernement que je préside pendant ces dures épreuves et fassent taire leur angoisse pour n'écouter que leur foi dans le destin de la patrie.»

Pierre fut envoyé en Allemagne, certain de n'y passer qu'une courte période, le temps nécessaire aux gouvernement de la France et celui du Reich de conclure une paix. Dans ces conditions, il était convaincu de rentrer rapidement en France. Ils furent chargés dans des wagons à bestiaux, 30 à 40 prisonniers par wagon, et le train est parti. Pierre ne savait pas où ce train le conduirait, mais il était confiant d'en revenir bien vite. L'armistice fut signé le 22 juin 1940. Pierre rentrait, aujourd'hui en France près de cinq ans plus tard.

IX

Camp de transit, 14 mai 1945, 13h00

Le convoi avait franchi la frontière depuis plus d'une heure. Les prisonniers réalisèrent avec émotion le rêve nourri pendant des années d'attente et de captivité, celui de retrouver la France. Les drapeaux tricolores flottaient victorieux au fronton de tous les édifices et des gares traversées. Cette débauche patriotique accentuait la sensation exaltante du retour chez soi. Les prisonniers s'impatientaient de voir leur voyage, enfin s'achever.

Le train s'immobilisa en gare de Metz. Des personnels de la Croix Rouge les attendaient sur le quai. Pierre ne souhaitait pas perdre du temps et refusa de descendre, désireux d'en finir au plus vite. S'il a pu échapper aux bons soins des dames patronnesses, il n'en fut pas de même des consignes des personnels en charge des formalités obligatoires de rapatriement. Il dû se résoudre à descendre du train pour les accomplir au même titre que tous ses camarades. Conduits à pied dans les locaux d'une école, proche de la gare, les services de la sécurité militaire contrôlèrent son identité. Il fut surpris de cette tension soudaine qui lui fit saisir immédiatement la lourde atmosphère qui régnait en France. Celle-ci lui révéla immédiatement, à la fois la suspicion et la traque aux mauvais patriotes à laquelle se livraient avec zèle les services aux frontières. La France vivait un moment de grande contrition qui se traduisait par un réflexe soudain de défense des valeurs nationales. Celui-ci passait par une désinfection du territoire, aux fins d'éradiquer les Français qui avaient été nuisibles. Le filtre du rapatriement permettait de capturer quelques mauvais bougres qui tentaient de se fondre dans ces retours massifs pour se refaire une virginité. C'était peine perdue, et nombreux furent ceux arrêtés à cette occasion.

Une fois les contrôles effectués, Pierre subit les procédures de désinfection sanitaire. Un tuyau lui fut introduit par la manche de la veste, la braguette et le col de la chemise, par lesquels un employé des services de santé lui administra en quantité considérable une poudre blanche. Celle-ci lui déclencha immédiatement des démangeaisons douloureuses, ultime témoignage de résistance des poux soudainement décimés sous l'effet brutal de cette administration curative. Pour la suite des opérations de rapatriement, Pierre fut conduit auprès d'un fonctionnaire du ministère des Finances. Il a pu y échanger quelques marks et recevoir un maigre rappel de solde. Identifié, fiché, désinfecté et récompensé succinctement, Pierre retrouvait la France et en même temps découvrait le sort étrange de ceux qui, comme lui, ne semblaient pas vraiment être considérés après cinq années de captivité. Interpellant l'un de ses camarades d'infortune Pierre lui dit :

- Dis donc ! Tu ne trouves pas cela un peu bizarre, la manière dont on est traité. Ca n'a pas l'air d'être la fête. Je pensais qu'on aurait un accueil un peu plus chaleureux. On s'est quand même farcis 5 ans en tant que prisonniers pour la France. Et on nous reçoit presque comme des criminels.
- Oui, mais ce ne m'étonne pas. J'ai entendu dire qu'il régnait une ambiance délétère en

France. Ils chassent les collabos et il semble qu'ils y mettent du zèle. En ce qui nous concerne, nous ne sommes pas bien estimés. Il se dit qu'on aurait pu s'évader et qu'on s'est contenté d'attendre.

- Mais c'est dégueulasse de dire cela. Ils ne savent pas ce qu'on a vécu. Il y en a peut être certains qui se sont laissés faire. Mais moi, je peux te dire que cela n'a pas été mon cas. Je les ai sacrément emmerdés. Alors je ne voudrais quand même pas payer pour tous ceux qui ont trahi la France !

- Et bien je pense que ça ne va pas être facile. Tu n'as pas entendu la réflexion du gars aux formalités administratives ?

- Non. Qu'est-ce qu'il a dit ?

- Qu'on n'avait pas à se plaindre, quand on était resté bien au chaud en Allemagne pendant que d'autres se battaient pour libérer le pays !

Pierre ne su quoi répondre. Pétrifié par l'indignation, il mesura que les difficultés étaient loin d'être terminées. Comment le Français pouvaient-ils se résoudre à de tels raccourcis. Evidemment, il avait croisé en Allemagne des tire-au-flanc. Il n'avait pas manqué d'ailleurs de les fustiger. Mais il y avait également vu des hommes d'honneur qui avaient comme lui refusé leur sort, résisté et payé cher leur engagement patriotique dans les camps de prisonniers. C'est ainsi, la simplification semblerait servir de grande lessiveuse. La France allait trouver les boucs émissaires afin de régler à bon compte et facilement les errances du passé. Pierre en était révolté. Prostré sur un banc il intégrait l'iniquité qui le frappait une nouvelle fois. Celle-là même contre laquelle il avait dû souvent se battre. Il y repensait et particulièrement en se remémorant le souvenir douloureux et injuste de son licenciement du Printemps en janvier 1936.

C'était un mardi en fin de journée. Pierre couvrait son stand avec des toiles, alors que les magasins allaient fermer leurs portes. Les employés en étaient informés par une sonnerie qui retentissait dans le magasin. Pierre, à cette époque, était affecté au stand « Copie d'Anciens ». Une cliente accompagnée de son fils survint désireuse d'acheter un étain. Immédiatement Pierre retira la toile et la servit. Il effectua le débit et la note de telle sorte que l'achat puisse lui être facturé et livré. Le lendemain, le fils vint se plaindre auprès du chef de rayon du fait qu'ils n'avaient pas été livrés. Il précisa que cette situation ne lui paraissait pas étonnante, tant le jeune homme qui les avait servis lui était apparu désinvolte. Un inspecteur présent dans le magasin, comme il en existait en permanence à cette époque, prit note de la récrimination de ce client. De retour de déjeuner, Pierre fut convoqué à la direction. On lui expliqua la réclamation du client. Après s'être défendu d'avoir correctement effectué son travail et en dépit de ses explications et de sa volonté de se justifier, Pierre fut immédiatement renvoyé. De retour le soir chez ses parents Pierre exposa la situation à son père, lui-même employé aux magasins du Printemps depuis de nombreuses années. Ce dernier se rendit à la direction pour essayer de rattraper cette affaire dès le lendemain. La direction lui rétorqua que Pierre était une forte tête, et qu'il était préférable qu'il se fasse embaucher ailleurs. Furieux, Pierre n'était pas disposé à laisser les choses en état. Aussi il décida d'aller visiter la cliente, connaissant son adresse. Elle résidait dans un très bel immeuble de la rue des Martyrs. La porte s'entrouvrit sur un superbe appartement. L'interrogeant sur les motifs de sa visite, Pierre lui indiqua s'être fait renvoyer suite au passage de son fils aux magasins du Printemps, visite au cours de laquelle il s'était plaint de son comportement désinvolte et d'un dysfonctionnement dans la livraison. Elle s'étonna de tout cela, ayant été parfaitement livrée. La porte, au fond du couloir s'ouvrit sur un grand bureau. Un homme élégant, s'interrogeant de savoir ce qu'il se passait, l'invita à rentrer dans cette pièce afin de lui raconter le problème qui l'amenait chez eux. Pierre expliqua son problème, sa femme confirmant qu'il n'y avait eu aucun souci. Il décida alors de joindre le directeur du personnel du Printemps, qu'il connaissait très bien. Il décrocha son téléphone et l'obtint aussitôt.

- Dites-moi, cher ami, j'ai en face de moi un jeune homme que vous connaissez, me semble-t-il. Il m'a indiqué avoir été renvoyé sur le motif de n'avoir pas correctement géré une commande passée par mon épouse dans votre magasin. Mais il n'en est rien. Ce renvoi me parait tout à fait injustifié. Je vous demande donc de le réintégrer. A défaut de quoi je vous informe que ni moi, ni ma femme ne seront plus jamais client de vos magasins.

Une discussion s'ensuivit au cours de laquelle le mari de la cliente obtint la possibilité pour Pierre de retourner s'expliquer auprès de son directeur du personnel. Pierre fut effectivement reçu suite à cet appel. Mais la position du directeur ne varia pas. A la faveur de cette discussion, Pierre comprit que son licenciement n'était pas plus motivé par un problème de livraison que par le mécontentement d'une cliente, mais que le Printemps s'attachait essentiellement à sanctionner sa forte tête. Il n'y avait pas de syndicats à l'époque pour le défendre et pas plus de lois pour le faire. Quelques semaines plus tard, le vaste mouvement du Front Populaire viendrait corriger ces injustices. Pierre prendra alors une part active aux grèves qui affectèrent les Grands Magasins.

Pierre se convainquit que leur retour de captivité véhiculerait beaucoup d'injustices, à l'instar de ce qu'il avait vécu au Printemps. Mais elles seraient probablement corrigées à terme comme le fut celle à laquelle il venait de repenser douloureusement et qui lui advint neuf années plus tôt.

X

Paris,
14 mai 1945, 19h00

Les premiers signes d'une arrivée imminente en gare du Nord se dessinaient à travers la vitre du wagon. La banlieue industrielle et ravagée livrait les signes évidents qu'ici comme ailleurs, les bombardements avaient été rudes et nourris. En ces derniers moments de trajet, Pierre lisait le texte d'un poème, intitulé Espoir, que lui avait adressé son ami de captivité, Paul, à la fin 1943 et qu'il avait gardé précieusement depuis :

I

Au mois de juin quarante et un,
Nous apprenions la grande nouvelle,
L'URSS enfin s'était mise dans l'bain,
Tous nos regards s'tournaient vers elle.

Etait-ce enfin la délivrance,
Qu'nous attendions d'puis une année ?
Et le retour dans notre France,
Nous étions tous dans l'anxiété.
Mais l'dictateur dans ses discours,
Prévoyait une guerre de quinze jours.
Le gros Hermann, gonflé à bloc,
Faisait foncer ses troupes de choc.
L'propagandiste comme ses deux potes,
Gueulait « on en fera de la compote ».
Le bon ami Mussolini,
Envoyait ses Macaronis.
Antonescu, très convaincu,
Livrait l'pétrole et ses écus.
Le Gaudillo presqu'aussitôt,
Mobilisait ses « Toreros ».
Manehrein et ses Finlandais,
Les hostilités reprenaient.
L'régent Horty, très averti,
Marchait ainsi que la Bulgarie,
Les Français sans souci d'notre sort,
L'vaient une Légion dite…Tricolore !
Bref devant cette coalition,
S'envolaient toutes nos illusions.
Prisonniers, baissez tristement la tête,
La grande URSS est morte…

II

Quand l'Hiver vient une accalmie,
Fit bientôt place à la tempête,
Les Russes, enfin, s'étaient repris,
A l'adversaire ils tenaient tête,
Mais au printemps malheureusement,
L'offensive reprit de plus belle,
Avec les premiers jours d'beau temps,
L'Aigle maudit r'trouvait ses ailes.
Et l'Dictateur, grand orateur,
Laissait éclater sa fureur,
Le gros Hermann, nerveusement,
Consultait cartes et plans,
L'Propagandiste comme un damné,
Débitait ses insanités,
Les Italiens, comme des crétins,
Suivaient l'mouvement avec entrain,
Loin du cocu, Antonescu,
Flirtait avec la Lupescu,
Franco hargneux comme un « Toro »,
Stimulait ses « Caballeros ».
Manherein qui rajeunissait,
Gonflait l'moral des Finlandais,
L'régent Horty dans son esprit,
Organisait l'terrain conquis,
C'pendant qu'en France tous les maquereaux,
Combattaient aux côtés d'Doriot

Nous étions là pauvres prisonniers,
A voir nos beaux rêves s'envoler.
Prisonniers, baissez tristement la tête,
La grande URSS est morte…

III

Dans les Kommandos et les camps,
Ceux qui souffrent depuis trois années,
Ont des visages rayonnants,
Quand ils lisent les communiqués,
L'agresseur à la défaillance,
Et les Russes obtiennent des succès,
Rendons hommage à leur vaillance,
Nous avions raison d'espérer.
Car l'Dictateur dans ses oracles,
Commence à parler de miracles,
Le gros Hermann très déprimé,
Ne sait plus à quel saint se vouer,
L'Propagandiste, lui gueule toujours,
Mais maintenant il crie « au secours ! ».
Pleins de soucis, Mussolini,
Dit « mes Macaronis sont cuits ».
Antonescu, moins convaincu,
R'grette sa camelote et est déçu.
Franco, lui-même, le Godillo,
A le trouillomètre à Zéro.
Manherein qui devient gaga,

Répète sans cesse « mea culpa ».
L'Régent Horty, grand amiral,
Commence à préparer ses malles,
Chez nous, prévoyant la déroute,
Laval, la « Légion » a dissoute,
Pendant ce temps, victorieusement,
Les Russes attaquent farouchement,
Prisonniers relevez joyeusement la tête,
La grande URSS n'est pas morte !
Moralité
« Il ne faut pas vendre la peau de l'URSS,
avant de l'avoir tué ».

Ce texte avait été écrit le 1er février 1943 et Pierre ne pouvait que constater qu'il aura fallu encore deux années avant que ne s'achève son calvaire, malgré la conclusion optimiste de ce poème. Combien d'espoirs avaient été nourris, ainsi, par lui et ses camarades, durant ces longues années. Pierre avait d'ailleurs toujours encouragé ses camarades à ne jamais se résigner et se raccrocher à tous les signes qui leur permettaient de conserver un moral d'acier à même de supporter cette épreuve. C'est d'ailleurs pourquoi son camarade avait conclu ce texte par la dédicace « Pour les paroles optimistes qu'il oppose aux pessimistes. A mon ami Pierre, je dédis ces couplets ». Mais les espoirs soviétiques n'avaient pu être concrétisés que deux années après, et dans une étrange leçon que l'histoire aime à nous livrer, en alliant leurs forces avec celles des Américains.

C'est Nicolas qui était venu l'attendre à la gare du Nord. Son frère était rentré de captivité quelques semaines plus tôt. Nicolas raccompagna Pierre, rue Pigalle. Ils cheminaient à travers les rues du XIIIe arrondissement dans l'indifférence générale, Paris semblait occupé à d'autres considérations que celles de s'arrêter sur le sort d'un de ces prisonniers de retour de captivité. Pierre échangea quelques mots avec Nicolas en tentant de colmater le vide des cinq années d'éloignement. Ils avaient vécu des parcours similaires durant cette période, bien qu'il apparut très vite à Pierre que Nicolas n'avait pas forcément déployé autant d'énergie que lui à se défaire de son statut de captif. C'était ainsi. Même dans le sanctuaire familial il y aura désormais des sujets qu'on évitera d'aborder pour ne pas gêner.

Pierre remontait la rue Pigalle. Rapidement, il aperçut Manon. Elle se tenait droite, comme figée par la vision de cet être tant attendu et dont elle ne réalisait pas qu'il était possible qu'il soit enfin revenu. Un petit garçon de cinq ans, lui tenait fermement la main. C'était Christian, ce fils qu'il découvrait pour la première fois. Pierre se précipita pour embrasser Manon tandis que Christian plongeait son visage dans la jupe de sa maman.

Epilogue

Saint-Germain-sur-Avre, 20 mars 2005.

Tout avait été préparé dans le plus grand secret. Manon et Christian avaient organisé l'anniversaire des quatre-vingt dix ans de Pierre avec le concours de Benoît. La salle des fêtes avaient été retenue de longs mois auparavant et tous les proches s'étaient libérés pour cet événement. Pierre, quant à lui, avait été informé qu'un déjeuner au restaurant était planifié ce jour-là, sans qu'il ne fût question un seul instant d'y associer son anniversaire. Les mois d'hiver avaient été particulièrement pénibles pour Pierre et Manon qui supportaient de moins en moins bien les rigueurs de cette saison. Une mauvaise pleurésie avait failli compromettre cette surprise, quelques jours auparavant, Pierre n'étant pas en mesure de participer à une telle réception. Mais les miracles de la médecine l'avaient rétabli à temps.

Tout le monde patientait dans la salle, dans l'attente de l'arrivée de Pierre. Son fils, les amis de toujours et leurs familles, les neveux et nièces, les amis et les voisins du village. Le Maire de la commune s'était mobilisé et honorait de sa présence cette fête familiale si importante.

Au moment où Pierre pénétra dans la salle, tous se montrèrent et son émotion fut intense. Il lui fallut quelques instants pour réaliser et absorber un flux d'émotion qu'il avait du mal à contenir. Tous furent inquiets de le voir chanceler et s'asseoir. Il ne s'agissait en fait que de reprendre des forces et accuser le coup. Un peu plus tard, les convives étaient installés et écoutaient Christian, rendre hommage à son père.

Ce fut ensuite le tour de Monsieur le Maire qui prononça un discours émouvant qu'il conclut en lui remettant la médaille d'honneur de la ville :

Cher Monsieur Soret,

Je suis très honoré et très heureux d'être parmi vous aujourd'hui. Vous êtes né, au début de la grande guerre, le 15 janvier 1915, pas très loin d'ici, à Châteauneuf en Thymerais, dans un petit bourg d'Eure et Loir, que je connais très bien. J'y ai passé de nombreuses journées heureuses de ma jeunesse, dans la forêt magnifique et surtout, dans la piscine, très prisée à cette époque.

C'est à Clichy que se déroule votre enfance, avec votre sœur Jacqueline et votre frère Nicolas. Votre père travaille au Printemps à Paris et chaque année, durant la saison estivale, il est affecté comme chauffeur livreur au Printemps de Deauville. Je suppose que ce devait être une grande joie pour tous. Les congés payés n'existaient pas encore et passer des vacances au bord de la mer, était sans aucun doute, un privilège à cette époque.

Vous passez votre certificat d'études et comme c'était le cas en général en ce temps, sortant de l'adolescence, vous entrez dans la vie active ; d'abord comme groom puis comme vendeur, où çà ? Au Printemps, naturellement.

Vous changez ensuite d'employeur et on vous retrouve où ça ? Aux Galeries Lafayettes !

En 1936, vous participez activement aux luttes et aux grèves des Grands Magasins. Vous avez 21 ans et bien sûr, vous êtes appelé au mois de septembre, pour faire votre service militaire.
De septembre 1936 à août 1938, vous passerez vos deux années de service appelé, sur la ligne Maginot, à Bitche. En ce temps là, tout va mal et les dangers d'une nouvelle guerre, se précisent. En Allemagne, Hitler, ce fou illuminé, avec des idées de revanche, de conquêtes et de nettoyage ethnique, gravit peu à peu le pouvoir. C'est aussi la grande crise industrielle. Pourtant, malgré ces temps moroses, Manon va venir ensoleiller votre vie. Vous l'épousez, avant d'être mobilisé à nouveau le 26 août 1939. A partir de là, vont se succéder 6 années de souffrance, de misère, de sacrifices et de douloureuse séparation. Jusqu'en juin 1940, vous serez affecté au ravitaillement des casemates, dans le secteur familier de Bitche, sur la ligne Maginot. L'armée allemande avance inexorablement. Le 12 juin 1940, alors que vous tentez de fuir, vous êtes capturé, fait prisonnier et envoyé en Bavière, dans un stalag. En ce début d'été 1940, c'est la débâcle de l'armée française. C'est curieux, mais c'est ce même mercredi 12 juin 1940, que notre famille est partie en exode sur les routes de France, comme des

milliers d'autres, prises de peur panique. J'avais deux ans. Manon attend un enfant et vous apprendrez sa naissance en captivité. Dans le stalag, étant prisonnier de guerre, vous serez contraint de travailler pour le pays ennemi. Vous serez sanctionné à plusieurs reprises pour avoir encouragé vos camarades à la rébellion. Cela démontre votre caractère révolté et votre courage. Une tentative d'évasion vous coûtera plusieurs semaines de cachot en camp disciplinaire.

Vous serez libéré le 13 mai 1945 par les Américains. Le lendemain, vous regagnez Paris par le train et vous retrouvez Manon. Vous faîtes enfin la connaissance de votre fils Christian de 5 ans. On a peine à imaginer et à mesurer les sentiments, les émotions, les joies de cet instant.

A votre retour, soucieux de tirer un trait sur ces années douloureuses, vous vous consacrez à votre foyer et vous changez de vie professionnelle. Vous devenez représentant en produits secs pour les restaurateurs. Vous sillonnez ainsi l'ouest parisien et le secteur de l'Eure, pendant de nombreuses années et jusqu'à votre retraite.

Vous ferez sans doute, Manon et vous, beaucoup de sacrifices pour élever votre fils et le conduire à faire des études supérieures. Christian sera d'abord pensionnaire à l'école des Frères, à Saint-Pierre de Dreux. Il y fera de remarquables études puisqu'il intégrera brillamment l'Ecole Supérieure de Chimie de Lille et qu'il fera ensuite carrière dans l'énergie atomique. Christian finira directeur du centre de SACLAY. C'est sans aucun doute Monsieur SORET, votre grande fierté.

Vous êtes Monsieur SORET, une personnalité endurcie par les rigueurs d'une longue existence faite de sombres moments et de moments plus heureux.

Parlons des temps heureux :
Vous aviez des amis très proches, dont la mère possédait une maison rue de Monthulé et c'est ainsi que dès la fin de la guerre, vos deux familles se retrouvaient les week-ends à Saint-Germain-sur-Avre. Vous vous prenez très vite d'affection pour ce village et vous y achetez, en 1947, votre première maison, au n° 8 de la rue de Normandie. Plus tard, vous la revendez pour acheter, presque en face, une longère au n° 9. Vous y habitez encore aujourd'hui. En fait, cela fait plus de 50 ans que vous vivez dans notre commune. Vous avez été membre de la société de chasse jusqu'en 1997. Vous avez même tenté, m'a-t-on dit de rentrer au Conseil municipal. Hélas, ce n'est pas très facile de s'intégrer pleinement dans ce milieu rural et surtout, je suppose,

pour des Parisiens.... Néanmoins, vous avez su entretenir ici et ailleurs, des relations amicales de tous âges. Cela témoigne de votre vitalité et de votre jeunesse de cœur.
Vous aimez m'a ton dit, les bons petits plats. Manon est une excellente cuisinière. Vous aimez aussi les bons vins et appréciez les grands crus. Vous n'aimez pas être enfermé et on le comprend. Aussi, quand le temps le permet, vous entretenez avec beaucoup de savoir faire et de goût, votre superbe jardin.

Monsieur Soret, vous avez 90 ans et vous ne les faîtes pas. Vous avez eu quelques petits soucis de santé dernièrement mais aujourd'hui, le printemps est de retour et le soleil aidant, vous allez rapidement, j'en suis sûr, retrouver la grande forme. Le 14 mai prochain, nous allons fêter une centenaire à Saint-Germain-sur-Avre. Je suis sûr que vous êtes bien parti pour faire vous aussi, ainsi que votre Manon, de beaux et vigoureux centenaires. C'est un challenge à tenir. Vous en avez gagné bien d'autres.

Cher Monsieur Soret, je vous souhaite un très bon anniversaire et si vous le voulez bien, au nom de la municipalité que je représente et en signe de votre attachement profond à notre village, je vous remets avec joie, cette médaille d'honneur de la Commune et vous assure de ma profonde amitié.

Très ému, Pierre prit la parole et s'attacha à remercier les personnes présentes et le bonheur qu'il ressentait alors de se trouver parmi tous ceux qu'il affectionne. Il céda ensuite la parole à Benoît.

Très Cher Pierre,

C'est avec une grande fierté et beaucoup d'émotion que m'échoit la lourde tâche de vous dire quelques mots au nom de tous vos amis, ici réunis. Ces quelques mots suivent ceux prononcés par Christian et ceux de Michel Morel, le Maire de Saint-Germain-sur-Avre qui vous a apporté l'hommage de la commune. Je tenais à lui dire toute la reconnaissance de nous tous, cette médaille de la ville nous ayant autant touchés que vous Pierre probablement. Ce geste et sa présence traduisent des qualités humaines indéniables.

Mais venons-en aux faits et aux raisons qui nous réunissent, à savoir vous, très cher Pierre. Nécessairement, ce que je vais vous dire sera marqué du sceau particulier de notre relation ; mais je crois savoir que ce qui vous attache à tous ceux qui sont ici ce dimanche ressemble singulièrement à ce qui nous touche tous en vous, à savoir un sens inné de l'amitié et de la fidélité. Ceci est suffisamment rare pour être noté et traduit en introduction de ce propos.

La vie est faite de rencontres et celles-ci alimentent le fleuve des souvenirs. Elles donnent du sens aux événements qui nous touchent. Ce fut le cas avec vous, Pierre et Manon, quand un certain 1er mai 1993, à la faveur de l'achat d'une résidence en Normandie, nous vous avons rencontrés pour la première fois. Vous fûtes ce jour-là les auxiliaires immobiliers de la vente de la maison de vos neveux et nièces. Faut-il croire que vous aviez des talents en ce domaine, puisque le soir même nous formulions une offre qui nous a permis le 19 juillet de la même année de devenir vos nouveaux voisins.

C'est à partir de ce moment-là que débuta l'alchimie de l'amitié ; patiente et vigilante avec vous Pierre, votre vie vous ayant appris à vous méfier et à être prudent. De toute manière, la spontanéité de Manon est venue immédiatement contrebalancer cette zone de transit dans laquelle vous nous aviez positionné dans les premiers mois de notre rencontre. Très vite, les relations se sont organisées autours de quelques bons repas. Très vite également, moi comme vous, nous nous sommes rendus compte que nous étions faits pour nous rencontrer. Il suffisait d'observer, en particulier, la vitesse à laquelle nos caves respectives se vidaient de leurs bons crus au rythme de ces repas fameux. Je pense que vous n'avez pas oublié !

Tous ceux qui vous aiment et qui sont ici pour l'essentiel aujourd'hui diront probablement de vous que c'est à l'occasion de ces agapes qu'ils ont pu apprécier avec beaucoup d'intérêt la fabuleuse histoire que vous n'avez cessé de leur conter et qui nous a fait découvrir pour beaucoup la vie d'un homme qui a traversé un siècle et quel siècle ! Celui des années 20 et de vos souvenirs à Deauville. Celui de la crise des années 30 et de la montée des périls de l'intolérance qui mirent le monde à feu et à sang ; vous y participerez à votre corps défendant en qualité de soldat, puis de prisonnier. Celui de la reconstruction et des 30 glorieuses, vous y verrez votre vie s'ancrer dans notre beau village. Celui de l'explosion des technologies qui a transformé notre siècle et nous a conduit à l'aube de celui-ci dans un mélange d'exaltation et d'inquiétude, et vous êtes toujours là, certainement un peu amusé de voir tout cela se dérouler devant vos yeux de patriarche à qui « on ne la fait plus ! »

J'ai découvert au fil de nos conversations, ces différents sédiments de votre vie et qui ont enrichi ce sol fertile à travers lequel les eaux ruisselantes de notre amitié se chargent en minéralité historique. Le devoir de mémoire devrait être une règle de conduite pour tous les hommes. Ils y puiseraient les réponses à beaucoup de leurs questions. Ils y trouveraient le lien intergénérationnel sans lequel aucune transmission n'est possible. C'est un peu tout cela que j'ai trouvé en vous et dans nos relations, et je crois savoir que c'est le cas de beaucoup de vos amis et de votre famille, ici réunis.

Ces longues discussions m'ont donné envie de savoir, de comprendre, d'apprendre et de vous connaître plus encore. J'ai puisé sans cesse dans notre amitié les fondements de votre histoire pour mieux la solidifier, car elle est belle et émouvante. Belle et émouvante, comme le furent les superbes festivités organisées dans notre village pour fêter le soixantième anniversaire de sa libération, et qui ont vu des témoignages poignants, en particulier, cher Michel, les yeux de vos petits enfants américains écoutant le récit de la libération de votre village et les drames qui s'y sont noués. Le devoir de mémoire, c'est ainsi la volonté de garder le souvenir, de le transmettre et de le faire partager comme une expérience nécessaire à ceux qui viendront après vous. J'ai voulu tout cela et vous le savez. C'est ainsi que vous m'avez raconté le récit de votre vie. De longues heures passées à écouter, enregistrer et traduire votre histoire. C'est avec une joie immense, que pour votre quatre-vingt dixième anniversaire, je vous remets Pierre, le manuscrit d'un roman historique que j'ai patiemment écrit et qui raconte un peu ce qui vous est arrivé. J'espère que vous serez fier de ces quelques pages. Elles veulent vous ressembler en tentant d'être le récit d'un héros digne, d'un homme qui a connu l'horrible aventure de la seconde guerre mondiale et qui n'a jamais voulu renoncer, d'un personnage riche de tant d'années passées parmi les hommes, observant leurs grandeurs et leurs médiocrités, d'un ami qui m'est cher et dont je suis fier d'avoir croisé la route.

Mon très cher Pierre, avant de passer aux choses sérieuses, à savoir ce déjeuner entre famille et amis, je voudrais vous dire quelque chose d'important. La vie nous réserve des joies et des peines. Elle nous éloigne parfois cruellement de ceux que l'on aime. Mais chose extraordinaire elle offre de fabuleuses opportunités de renouer des liens et de combler le vide. Ce fut mon cas avec vous et Manon, et je voulais vous en remercier. Vous êtes des gens admirables et que tous ici nous aimons. Vous avez fait de vos 90 premières années une ode à la vie. Vous méritez notre admiration, notre affection et notre reconnaissance.

Manon a voulu organiser cette fête et Christian l'a orchestrée. C'est une très belle aventure quand on sait les difficultés d'une telle entreprise. Et vous ne nous avez pas facilité la tâche ces dernières semaines ! Vous ne pouvez pas imaginer, dès lors, combien nous sommes heureux d'avoir pu concrétiser ce 20 mars 2005.

Bon anniversaire, très cher Pierre et que cette journée soit un bon souvenir et un renouveau pour les 10 années à venir qui combleront d'espoir les presque 10 années que la vie a volées à votre jeunesse.

Document & Annexe

Texte d'un tract allemand largué sur la ligne Maginot avant l'offensive de juin 1940

Soldats français !

<u>Pour qui vous battez-vous ?</u>

L'effort des Anglais ne correspond pas à l'effort et au sacrifice demandé au peuple et surtout aux soldats français. Votre gouvernement a suivi aveuglément les conseils de Londres en proclamant la mobilisation générale pendant que personne - les faits l'ont prouvé – ne menaçait vos frontières. Contents de vous avoir engagé dans la guerre totale, les Anglais se sont bien gardés de vous envoyer de véritables combattants.

> **Beaucoup mieux payés, mieux nourris que le poilu, les Anglais qui veulent rester des milords, se sont bornés à se cantonner quelque part en France, pas trop près des premières lignes.**

Le poids de la guerre pèse beaucoup plus lourd sur vous que sur les Anglais. Cependant ce sont eux, qui vous ont poussés à la guerre.

Vous rappelez-vous comment cela fut fait ?

Ils ont fait signer par la France des accords et confirmer des garanties. Vos politiciens déclarèrent après, que les textes, rien que les textes commandaient la déclaration de guerre. Mais en fin de compte les Anglais se trompent.

La raison qui n'a jamais manqué au soldat français sera plus forte que les textes. Nous ne sommes plus au temps, où un gouvernement pouvait engager à fond les forces de son pays pour la politique d'un gouvernement voisin, si l'opinion publique, si l'armée le réprouvait.

Il n'y a pas de raison de guerre entre Français et Allemands !

<u>Pourquoi vous battez-vous ?</u>

Pour la Pologne ? Cinq mois après que l'armée polonaise fut anéantie malgré tous les pronostics contraires ?

On vous dit maintenant qu'il faut attaquer et abattre un système ! **Attention à un pareil piège**, qui ne sert qu'à masquer les intérêts obscurs auxquels vous êtes sacrifiés.

L'Allemagne a recherché sincèrement l'amitié de la France. **Ce sont les Anglais et les embusqués de la dernière guerre, qui ont empêché tout rapprochement entre nos deux peuples.**

Ils n'ont pas voulu que les ouvriers de France sachent, que la question sociale a trouvé une de ses réalisations les plus modernes dans le pays voisin et que le paysan y a été libéré de la spéculation.

Faire la guerre au régime, c'est faire la guerre à l'Allemagne, c'est faire la guerre au peuple allemand, qui, ainsi que ses chefs, veut vivre en paix avec la France.

Il n'y a pas de raison de guerre entre la France et l'Allemagne. Pour la France, victorieuse ou vaincue,

une guerre c'est le suicide.

Elle a perdu près de deux millions de ses fils dans la grande guerre. Vingt années n'ont pas suffi pour combler cette lacune.

Comment survivrait-elle à une deuxième saignée, encore plus grave ? Personne ne menace ni les frontières ni l'indépendance de la France. L'Angleterre veut que vous vous battiez jusqu'au dernier Français, pour maintenir l'hégémonie mondiale de la Grande-Bretagne et pour éterniser les injustices de Versailles.

Dans cette lutte la France n'a rien à gagner.

Est-ce que votre gouvernement fut bien conseillé, lorsque, le 3 septembre 1939, il déclara la guerre au Reich ?

Achevé d'imprimer sur rotative numérique par Book It !
dans les ateliers de l'Imprimerie Nouvelle Firmin Didot
Le Mesnil-sur-l'Estrée

N° d'impression : 82109
Dépôt légal : Novembre 2006

Imprimé en France